Uma espiã na casa do amor

ROMANCE

Livros da autora publicados pela **L&PM** EDITORES

Delta de Vênus – Histórias eróticas (**L&PM** POCKET)

Fogo: de Um diário amoroso: o diário completo de Anaïs Nin (1934-1937) (**L&PM** POCKET)

Henry & June – Diários não expurgados de Anaïs Nin (1931-1932) (**L&PM** POCKET)

Incesto: de Um diário amoroso: o diário completo de Anaïs Nin, 1932-1934

Pequenos pássaros – Histórias eróticas (**L&PM** POCKET)

Ser mulher e outros ensaios

Uma espiã na casa do amor (**L&PM** POCKET)

Anaïs Nin

Uma espiã na casa do amor

ROMANCE

Tradução de REINALDO GUARANY

www.lpm.com.br

Coleção **L&PM** POCKET, vol. 475

Texto de acordo com a nova ortografia.
Título original: *A spy in the house of love*

Primeira edição na Coleção **L&PM** POCKET: maio de 2006
Esta reimpressão: dezembro de 2024

Tradução: Reinaldo Guarany
Capa: Ivan Pinheiro Machado
Revisão: Eva Motchi, Jó Saldanha e Renato Deitos

CIP-Brasil. Catalogação na fonte
Sindicato Nacional dos Editores de Livros, RJ

N619e

Nin, Anaïs, 1903-1977.
    Uma espiã na casa do amor: romance / Anaïs Nin; tradução de Reinaldo Guarany – Porto Alegre: L&PM, 2024.
    160 p. ; 18 cm. – (Coleção L&PM POCKET; 475)

Tradução de: *A spy in the house of love*
ISBN 978-85-254-1460-1

1. Romance americano. I. Guarany, Reinaldo, 1945-. II. Título. III. Série

CDD 813
CDU 821.111(73)-3

Copyright © 1959 by Anaïs Nin
Copyright renewed © 1982 by The Anaïs Nin Trust
Publicado mediante acordo com Barbara W. Stuhlmann, Author's representative

Todos os direitos desta edição reservados a L&PM Editores
Rua Comendador Coruja 314, loja 9 – Floresta – 90.220-180
Porto Alegre – RS – Brasil / Fone: 51.3225.5777

Pedidos & Depto. Comercial: vendas@lpm.com.br
Fale conosco: info@lpm.com.br
www.lpm.com.br

Impresso no Brasil
Primavera de 2024

O detector de mentiras estava dormindo quando ouviu o telefone tocar.

A princípio, acreditou que era o relógio ordenando que ele se levantasse, mas então despertou por completo e se recordou de sua profissão.

A voz que ele ouviu era roufenha, como que disfarçada. Não pôde distinguir o que a alterava: álcool, drogas, ansiedade ou medo.

Era uma voz de mulher; mas podia ter sido um adolescente imitando uma mulher, ou uma mulher imitando um adolescente.

– O que é? – ele perguntou. – Alô. Alô. Alô.

– Eu tinha de falar com alguém; não consigo dormir. Tinha de telefonar para alguém.

– Você tem algo a confessar...

– A confessar? – ecoou a voz incrédula; dessa vez, com os tons ascendentes inequivocamente femininos.

– Você não sabe quem sou?

Não, apenas disquei cegamente. Já fiz isso antes. É bom ouvir uma voz no meio da noite, isso é tudo.

– Por que um estranho? Você podia telefonar para um amigo.

— Um estranho não faz perguntas.
— Mas minha profissão é fazer perguntas.
— Quem é você?
— Um detector de mentiras.

Houve um longo silêncio após suas palavras. O detector de mentiras supôs que ela tivesse desligado. Mas ouviu a tosse dela pelo telefone.

— Você está aí?
— Sim.
— Pensei que você fosse desligar.

Houve uma risada no telefone, uma risada negligente, reluzente, espiralada.

— Mas você não exerce sua profissão pelo telefone!
— É verdade. No entanto, você não teria me chamado se fosse inocente. A culpa é o único fardo que os seres humanos não conseguem suportar sozinhos. Assim que um crime é perpetrado, há uma chamada telefônica ou uma confissão a estranhos.

— Não houve crime nenhum.

— Só existe um alívio: confessar, ser apanhado, investigado, punido. Esse é o ideal de todo criminoso. Mas não é tão simples assim. Apenas a metade do Eu quer expiar a culpa, para se libertar de seus tormentos. A outra metade da pessoa quer continuar a ser livre. Assim, apenas a metade do Eu se rende, clamando "agarre-me", enquanto a outra metade cria obstáculos, dificuldades; procura escapar. É um flerte com a justiça. Se a justiça for ágil, seguirá o indício com a ajuda do criminoso. Caso contrário, o criminoso se encarregará da própria expiação.

— Isso é pior?

— Acho que sim. Penso que somos juízes mais severos dos nossos próprios atos do que os juízes profissionais. Julgamos nossos pensamentos, nossas intenções, nossas imprecações secretas, nossos ódios secretos, não apenas nossos atos.

Ela desligou.

O detector de mentiras chamou a telefonista, deu ordens para que localizasse a chamada. Fora feita de um bar. Meia hora mais tarde ele estava sentado lá.

Não permitiu que seus olhos vagassem ou examinassem. Queria que apenas os ouvidos estivessem atentos para que pudessem reconhecer a voz.

Quando ela pediu um drinque, ele ergueu os olhos do jornal.

Vestida de vermelho e prata, ela evocava os sons e imagens dos carros de bombeiros, quando rasgavam as ruas de Nova York, inquietando o coração com o violento gongo da catástrofe; toda vestida de vermelho e prata, o impetuoso vermelho e prata cortando caminho através da carne. Na primeira vez que ele olhou para ela, sentiu: *Tudo vai se incendiar!*.

Do vermelho e prata e do longo grito de alarme ao poeta que sobrevive em todo ser humano, enquanto a criança nele sobrevive; a esse poeta, ela atirou uma inesperada escada no meio da cidade e ordenou: "Suba!".

Quando ela apareceu, o alinhamento regular da cidade recuou diante dessa escada que ele era convidado a subir, ficando reta no espaço, qual a escada do barão de Munchausen que levava ao céu.

Só que a escada dela levava ao incêndio.

Ele tornou a olhar para ela com um franzir de sobrancelhas profissional.

Ela não conseguia ficar sentada quieta. Falava profusa e continuamente, com um esfalfamento febril, como uma pessoa com medo do silêncio. Estava sentada como se não conseguisse suportar ficar sentada por muito tempo; e, quando se levantou para comprar cigarros, ficou igualmente ansiosa por retornar ao assento. Impaciente, alerta, vigilante, como que com medo de ser atacada, agitada e perspicaz, ela bebia, apressada; sorria tão prontamente que ele nem mesmo tinha certeza de haver sido um sorriso; ela ouvia apenas parcialmente o que lhe era dito; e, mesmo quando alguém se inclinou no bar e gritou um nome em sua direção, ela não respondeu de imediato, como se não fosse seu próprio nome.

– Sabina! – gritou o homem do bar, inclinando-se perigosamente na direção dela, mas não deixando de agarrar as costas da cadeira, com medo de tombar para a frente.

Alguém mais próximo a ela repetiu-lhe galantemente o nome, que por fim ela reconheceu como seu. Nesse momento, o detector de mentiras livrou-se da iridescência que a noite, a voz, o remédio para dormir e a presença dela haviam criado nele e concluiu que ela se comportava como alguém que tivesse todos os sintomas da culpa: a maneira como olhava para a porta do bar, como que esperando o momento adequado para empreender a fuga; a conversa irrefletida, sem continuidade; os gestos erráticos e súbitos, desconectados da conversa; o caos de suas frases; seus silêncios súbitos, mal-humorados.

Quando amigos andaram na direção dela, sentaram-se com ela e depois se afastaram para outras mesas, ela foi forçada a erguer a voz, geralmente baixa, para ser ouvida por cima dos *blues* persuasivos.

Ela estava falando sobre uma festa na qual haviam ocorrido incidentes confusos, cenas nebulosas em que o detector de mentiras não conseguia distinguir a heroína ou a vítima; falando de um sonho interrompido, com espaços, reversões, retrações e fantasias galopantes. Agora ela estava em Marrocos visitando os banhos com as mulheres nativas, compartilhando suas pedras-pomes e aprendendo com as prostitutas a pintar os olhos com o *kohl** da praça do mercado.

– É um carvão em pó, e você o aplica bem dentro dos olhos. Dói a princípio, e você sente vontade de chorar, mas isso o faz espalhar-se sobre as pálpebras, e é assim que elas obtêm essa borda lustrosa de carvão negro em volta dos olhos.

– Não se pega uma infecção? – perguntou alguém à direita dela, alguém que o detector de mentiras não pôde ver claramente, um personagem indistinto que ela desdenhou mesmo quando respondeu.

– Oh, não, as prostitutas vão à mesquita e benzem o *kohl*.

E então, quando todos riram disso que ela não considerou cômico, ela riu com eles; e foi como se tudo que dissera tivesse sido escrito em um imenso quadro-negro, e ela pegou uma esponja e apagou tudo com uma frase que deixou em suspense aqueles que estavam nos banhos; ou talvez essa fosse uma história que ela havia lido ou ouvido em um bar; e, tão logo foi apagada da mente de seus ouvintes, ela começou outra...

Os rostos e contornos de seus personagens apareciam apenas meio esboçados; e, quando o detector de mentiras começava a percebê-los, outro rosto e outro contorno eram interpostos como em um sonho. E, quando ele acreditava que ela havia falado de uma

---

* *Kohl*: cosmético para pintar os olhos, usado pelas mulheres no Oriente. (N.T.)

mulher, verificava-se que não era uma mulher, mas um homem; e, quando a imagem do homem começava a se formar, vinha à luz que o detector de mentiras não ouvira direito: era um homem jovem, que se assemelhava a uma mulher, que outrora cuidara de Sabina; e esse homem jovem foi instantaneamente metamorfoseado em um grupo de pessoas que a humilharam uma noite.

Ele não pôde reter uma sequência de pessoas que ela amara, odiara, de quem fugira, assim como também não pôde seguir o rastro das mudanças na aparência pessoal dela através de frases como "nessa época meu cabelo era louro", "nessa época eu era casada", e quem era que havia sido esquecido ou traído; e quando, em desespero, ele se agarrava às repetições de certas palavras, estas não formavam esquema algum com sua repetição, mas sim uma contradição absoluta. A palavra "atriz" repetia-se mais persistentemente; no entanto, após horas de detecção, o detector de mentiras não poderia dizer se ela era uma atriz, se queria ser ou se estava fingindo.

Ela era compelida por uma febre confessional que a forçava a levantar um canto do véu, e então se amedrontava quando alguém ouvia muito atentamente. Repetidas vezes, pegava uma esponja gigantesca e apagava tudo que havia dito pela negação absoluta, como se essa confusão fosse em si um manto de proteção.

A princípio ela acenava e atraía a pessoa para seu mundo; em seguida, obnubilava os corredores, confundia todas as imagens, como se fosse para iludir a detecção.

O alvorecer aparecendo na porta silenciou-a. Ela estreitou a capa em volta dos ombros, como se essa fosse a ameaça final, o maior inimigo de todos. Ao alvorecer, ela não iria dirigir nem mesmo uma conversa febril.

Fitou-o furiosa e saiu do bar.

O detector de mentiras seguiu-a.

Antes de acordar, os olhos escuros de Sabina revelaram a luz dura das pedras preciosas através de uma fenda nas pálpebras, puro e brilhante berilo verde-escuro, ainda não aquecido por sua exaltação.

Então ela abriu os olhos instantaneamente, em guarda.

Não despertou aos poucos, em abandono e confiança no novo dia. Tão logo a luz ou o som se registrou em sua consciência, o perigo estava no ar, e ela se levantou para ir de encontro às suas investidas.

A primeira expressão dela foi de tensão, coisa que não era bela. Assim como a ansiedade dissipava a força do corpo, também dava ao rosto uma incerteza trêmula, oscilante, que não era de beleza, como aquela de um desenho fora de foco.

Lentamente, o que ela compôs com o novo dia foi seu próprio foco, a fim de reconciliar corpo e mente. Isso foi feito com esforço, como se todas as dissoluções e dispersões do seu eu na noite anterior fossem difíceis de reagrupar. Ela era como uma atriz que deve compor um rosto, uma atitude para enfrentar o dia.

O lápis de sobrancelha já não era mais mera ênfase de carvão sobre as sobrancelhas louras, mas um desenho necessário para equilibrar uma assimetria caótica. O *make-up* e o pó de arroz não foram aplicados simplesmente para salientar uma textura de porcelana, para apagar as inchações desiguais causadas pelo sono, mas para alisar os pronunciados sulcos desenhados por pesadelos, para reformar os contornos e as superfícies borradas das maçãs do rosto, para extinguir as contradições e os conflitos que prejudicavam a clareza das linhas da face, perturbando a pureza de suas formas.

Ela precisava redesenhar o rosto, alisar a fronte ansiosa, separar os cílios esmagados, desgastar os traços de secretas lágrimas interiores, acentuar a boca como se fosse em uma tela, de modo a conservar seu sorriso luxuriante.

Um caos interior, semelhante àqueles vulcões secretos que, de repente, erguem os sulcos nítidos de um campo pacificamente arado, aguardava, por trás de todas as desordens do rosto, cabelo e roupa, uma fissura por onde explodir.

O que ela via agora no espelho era um rosto excitado, de olhos claros, sorrindo, liso, lindo. Os múltiplos atos de compostura e artifício apenas lhe dissolveram as ansiedades; agora que se sentia preparada para enfrentar o dia, emergia sua verdadeira beleza, que havia sido desgastada e arruinada pela ansiedade.

Ela julgou suas roupas com a mesma avaliação dos possíveis perigos externos que fizera do novo dia, o qual entrara através das janelas e portas fechadas.

Acreditando no perigo brotado tanto de objetos quanto de pessoas, que vestido, que sapato, que casaco exigiria menos de seu coração e de seu corpo em pânico?

Pois uma roupa também era uma mudança, uma disciplina, uma armadilha que, uma vez adotada, poderia influenciar o autor.

Acabou por escolher um vestido com um buraco na manga. Da última vez que o vestira, estivera diante de um restaurante luxuoso demais, ostentatório demais, no qual tinha medo de entrar, mas em vez de dizer: "Tenho medo de entrar aí", foi capaz de dizer: "Não posso entrar aí com um buraco na manga".

Escolheu a capa que parecia mais protetora, mais envolvente.

A capa também tinha dentro de suas dobras algo que ela imaginava ser uma qualidade possuída exclusivamente por homens: certo ímpeto, certa audácia, certa arrogância da liberdade negada às mulheres.

Os pinotes provocadores do toureiro, o ondulante estandarte de ataque dos cavaleiros medievais, uma vela desfraldada em plena colisão com o vento, o escudo do guerreiro diante de seu rosto na batalha, tudo isso ela experimentou quando colocava a capa em volta dos ombros.

Uma capa estendida era a cama dos nômades; uma capa desfraldada, o estandarte da aventura.

Agora ela estava vestida com uma roupa mais apropriada a voos, batalhas, torneios.

A cortina do desamparo da noite era levantada para expor uma personagem preparada.

Preparada, disse o espelho; preparada, disseram os sapatos; preparada, disse a capa.

Ela ficou de pé, contemplando-se arrumada para nenhum encontro pacífico ou confiante com a vida.

Não ficou surpresa quando olhou para fora da janela e viu o homem que a estivera seguindo, de pé na esquina, fingindo ler um jornal.

Não foi surpresa, pois isso era a materialização de uma sensação que ela tivera durante muitos anos: a de um Olho observando-a e seguindo-a durante toda a sua vida.

Ela caminhou pela rua 18 em direção ao rio. Caminhou levemente fora de ritmo, como alguém que não respira profundamente, passos longos e inclinada para a frente, como se estivesse correndo.

Era uma rua toda ladeada por garagens de caminhões. A essa hora, eles estavam abrindo as pesadas portas de ferro e imensos caminhões rolavam para fora, obscurecendo o sol. Suas rodas eram tão altas quanto Sabina.

Eles estavam enfileirados tão juntos que ela já não conseguia ver a rua ou as casas do outro lado do caminho. À sua direita, eles formavam uma muralha de motores funcionando e rodas gigantescas começando a girar. À sua esquerda, mais portas eram abertas, mais caminhões avançavam lentamente, como que para engolfá-la. Eles assomavam ameaçadoramente, inumanos, tão altos que ela não conseguia ver os motoristas.

Sabina sentiu todo o seu corpo encolher e, à medida que se encolhia diante do barulho, os caminhões pareciam aumentar aos seus olhos, com sua escala tornando-se monstruosa; o rolar de suas rodas, incontrolável. Ela sentiu-se como uma criança em um enorme mundo de gigantes ameaçadores. Sentiu os ossos frágeis em suas sandálias. Sentiu-se frágil e quebrável. Sentiu-se subjugada pelo perigo, por um mal mecanizado.

Sua sensação de fragilidade era tão forte que ela se assustou com o aparecimento de uma mulher à sua esquerda, caminhando a passo com ela. Sabina lançou um rápido olhar para o seu perfil e ficou aliviada com sua altura, com a segurança de seu caminhar. A mulher também estava vestida de negro, mas caminhava sem terror.

E então ela desapareceu. O espelho havia chegado ao fim. Sabina fora confrontada consigo mesma, a imagem em tamanho natural caminhando ao lado do eu interior encolhido, provando-lhe uma vez mais a desproporção entre suas sensações e a verdade externa.

Em muitas outras vezes, Sabina experimentara a pequenez, um senso de perigos gigantescos, mas encarava no espelho uma mulher alta, forte, madura, de trinta anos, igual ao seu entorno. No espelho estava a imagem daquilo em que se tornara e a imagem que apresentava ao mundo, mas seu secreto eu interior podia ser subjugado por uma enorme roda de caminhão.

Era sempre nesse preciso momento de poder diminuído que aparecia a imagem de seu marido, Alan. Era necessário um estado de fraqueza, um certo desequilíbrio interior, um certo exagero de seus medos, para evocar a imagem de Alan. Ele apareceu como um ponto fixo no espaço. Um rosto calmo. Uma conduta calma. Um tamanho que o tornava visível nas multidões e que se harmonizava com o conceito que Sabina tinha da singularidade dele. A imagem de Alan apareceu na visão dela como um instantâneo. Não lhe chegou através da memória tátil ou qualquer dos sentidos que não fossem os olhos. Ela não se recordava do contato dele ou de sua voz. Ele era uma fotografia em sua mente, com a pose estática que o caracterizava: a altura acima da média, de modo que ele precisava inclinar um pouco a cabeça, e algo calmo que dava a impressão de um tipo de bênção. Ela não conseguia vê-lo brincalhão, sorridente, despreocupado ou feliz. Ele jamais falaria em primeiro lugar, declararia seu estado de espírito, gostos ou desgostos, mas esperava, como fazem os confessores, para captar em primeiro lugar todas as palavras ou humores dos outros. Isso lhe dava a qualidade passiva de ouvinte, de refletor. Ela não conseguia imaginá-lo querendo intensamente alguma coisa (exceto que ela devia ir para casa) ou pegando algo para si. Nos dois instantâneos que ela carregava, ele mostrava duas facetas, mas nenhum contraste: uma, ouvindo e esperando, sábio e imparcial, a outra, sentado em meditação, como um espectador.

Qualquer acontecimento (nesse caso, o trivial de estar descendo a rua 18) ou provocava pânico em Sabina, um encolhimento, essas duas imagens de Alan aparecendo, ou seu desejo de voltar para casa.

Ela retornou ao quarto onde despertara nessa manhã. Tirou a valise de baixo da cama e começou a enchê-la.

O caixa do escritório do hotel sorriu-lhe, quando ela passou em seu caminho para fora, um sorriso que pareceu a Sabina como que formulando uma pergunta, uma dúvida. O homem da recepção olhou fixo para sua valise. Sabina andou até a portaria e disse, hesitante:

– Meu marido... ele não pagou a conta?

– Seu marido cuidou de tudo – disse o encarregado da recepção.

Sabina corou furiosa. Esteve a ponto de dizer: então por que você olhou para mim? E por que esse meio-tom de ironia em seus rostos? E por que ela mesma hesitara ao dizer a palavra marido?

O escárnio do pessoal do hotel somou-se ao seu humor de opressão e fadiga. A valise pareceu ficar mais pesada em sua mão. Nesse estado de espírito de desorientação, qualquer objeto se tornava extraordinariamente pesado, todo aposento, opressivo, toda tarefa, subjugante. Sobretudo, o mundo parecia cheio de olhos de condenação. O sorriso do caixa fora irônico; o exame do homem da recepção, inamistoso.

O abrigo ficava a apenas duas quadras dali, mas a distância parecia enorme, as dificuldades, insuperáveis. Ela parou um táxi e disse:

– Quinta Avenida, 55.

O motorista do táxi disse em tom rebelde:

– Por que, senhora? Isso fica a apenas dois quarteirões de distância, a senhora podia ir a pé. Parece suficientemente forte.

E afastou-se apressado.

Ela caminhou lentamente. O edifício a que chegou era luxuoso, mas, como muitas das casas do Village, sem elevador. Não havia ninguém por perto para carregar sua mala. Os dois andares que ela devia subir pareciam as escadarias infinitas de um pesadelo. Iriam exaurir-lhe as forças até o fim.

Mas estou salva. Ele estará dormindo. Ficará feliz com minha vinda. Estará aí. Abrirá os braços. Me dará lugar. Não terei mais que lutar.

Pouco antes de atingir o último andar, pôde ver um estreito raio de luz debaixo da porta dele e sentiu uma cálida alegria permear-lhe todo o corpo. "Ele está aí. Está acordado."

Como se tudo mais que ela havia vivenciado nada mais fosse que provações, e aquilo, o abrigo, o lugar da felicidade.

"Não posso compreender o que me impeliu a abandonar isto, isto é a felicidade."

Quando a porta dele se abria, sempre parecia abrir-se para um quarto imutável. Os móveis nunca estavam fora do lugar, as luzes eram sempre difusas e suaves, como as lâmpadas de um santuário.

Alan estava de pé junto à porta, e a primeira coisa que ela viu foi o sorriso dele. Ele tinha dentes fortes e bem regulares em uma cabeça longa e estreita. O sorriso quase lhe fechou os olhos, que eram estreitos e irradiavam uma suave luz fulva. Ele estava de pé, bem ereto, com uma postura quase militar, e, sendo muito alto, sua cabeça estava inclinada para baixo, como que pelo próprio peso, para olhar Sabina.

Ele sempre a cumprimentava com uma ternura que parecia supor que ela sempre se encontrava em grandes dificuldades. Automaticamente, ele avançou para confortá-la e protegê-la. A maneira como ele abriu os braços e o tom com que a cumprimentou significavam: "Antes de mais nada, quero confortá-la e consolá-la, antes de mais nada quero animá-la de novo, você é sempre tão machucada pelo mundo lá fora".

A estranha, contínua e quase dolorosa tensão que ela sentia longe dele sempre se dissolvia em sua presença, naquela mesma porta.

Movendo-se com gestos deliberados, Alan tomou-lhe a valise e a depositou com cuidado no armário dela. Havia como que um centro rochoso em seus movimentos, um sentido de perfeita gravitação. Suas emoções, seus pensamentos giravam em torno de um centro fixo qual um sistema planetário bem-organizado.

A confiança que ela sentia em sua voz de modulação regular, tão cálida quanto clara, em suas maneiras harmoniosas, jamais súbitas ou violentas, em seus pensamentos, que ele ponderava antes de articular, em seus discernimentos, que eram moderados, era tão grande que se assemelhava a um total abandono de si mesma a ele, uma entrega total.

Em confiança, ela deslizou até ele, grata e afetuosa.

Ela o separava de outros homens, distinto e único. Ele detinha a única posição fixa nas flutuações dos sentimentos de Sabina.

– Cansada, minha pequenina? – ele disse. – Foi uma viagem difícil? Foi um sucesso?

Ele era apenas cinco anos mais velho que ela. Tinha 35 anos e cabelos grisalhos nas têmporas, e falava com ela como se fosse seu pai. Teria ele sempre falado nesse tom com ela? Sabina tentou recordar-se de Alan enquanto muito jovem. Quando ela tinha vinte anos e ele, 25. Mas não conseguia imaginá-lo de maneira alguma diferente daquele momento. Aos 25 anos, ele era do mesmo jeito, falava do mesmo modo e até mesmo dizia: "Minha pequenina".

Por um instante, por causa da voz carinhosa, da aceitação e do amor que ele demonstrava, Sabina esteve tentada a dizer: "Alan, não sou uma atriz, não estive excursionando com uma peça, jamais saí de Nova York, tudo isso foi invenção. Eu fiquei em um hotel, com...".

Ela prendeu a respiração. Era o que estava sempre fazendo, prendendo a respiração, de modo que a verdade jamais fosse revelada, em qualquer momento, não ali, com Alan, e não em um quarto de hotel com um amante que fizera perguntas acerca de Alan. Prendeu a respiração para sufocar a verdade, fez mais um esforço para ser a verdadeira atriz que negava ser, para desempenhar o papel que se recusava a desempenhar, para descrever essa viagem que não fizera, para recriar a mulher que estivera fora durante oito dias, a fim de que o sorriso não se dissipasse do rosto de Alan, a fim de que a confiança e a felicidade dele não se conspurcassem.

Durante a breve suspensão de seu respirar, ela foi capaz de fazer a transição. Era uma atriz que estava diante de Alan agora, reinterpretando os últimos oito dias.

— A viagem foi fatigante, mas a peça foi bem. A princípio, eu odiei o papel, como você sabe. Mas comecei a simpatizar com Madame Bovary e, na segunda noite, representei-a bem, cheguei a compreender seu tipo particular de voz e gestos. Mudei por completo. Você sabe como a tensão torna a voz mais alta e fina e como o nervosismo aumenta o número de gestos?

— Que atriz você é — disse Alan —, ainda está fazendo isso: você penetrou tanto no papel dessa mulher que não consegue sair dele. Agora você está fazendo muito mais gestos do que jamais fez, e sua voz mudou. Por que você continua cobrindo a boca com a mão? Como se reprimisse algo que estivesse fortemente tentada a dizer?

— Sim, isso é o que *ela* estava fazendo. Preciso parar. Estou tão cansada, tão cansada, e não consigo parar... não consigo parar de ser ela.

— Quero de volta a minha Sabina.

Como Alan dissera que aquilo era um papel que ela estivera interpretando, como ele dissera que essa não era Sabina, a verdadeira Sabina que ele amava, Sabina começou a achar que a mulher que estivera fora oito dias, que estivera em um pequeno hotel com um amante, que fora perturbada pela instabilidade desse outro relacionamento, pela estranheza dele, ao ponto de uma ansiedade crescente expressada em múltiplos movimentos desperdiçados, desnecessários, qual o tumulto do vento ou da água, era de fato outra mulher, um papel que ela interpretara em uma turnê. A valise, a impermanência, a qualidade evanescente dos oito dias foram explicadas desse modo. Nada do que acontecera tinha qualquer relação com a própria Sabina, apenas com sua profissão. Ela retornara à casa intacta, capaz de responder à lealdade dele com lealdade, à sua confiança com confiança, ao seu amor sincero com amor sincero.

– Quero de volta a minha Sabina, não esta mulher com estranhos gestos novos, que ela nunca antes fez, de cobrir o rosto, a boca com a mão, como se estivesse prestes a dizer algo que não quer dizer ou não deveria dizer.

Ele fez mais perguntas. E agora que estava mudando da descrição do papel que interpretara para as descrições de uma cidade, um hotel e outras pessoas do elenco, Sabina sentiu essa secreta e angustiante constrição apertando seu coração, um rubor invisível de vergonha, invisível para os outros, mas que a queimava qual uma febre.

Foi a vergonha que a vestiu de repente, permeou seus gestos, nublou-lhe a beleza, os olhos, com uma súbita opacidade. Ela sentiu isso como uma perda de beleza, uma ausência de qualidade.

Toda improvisação, toda invenção a Alan era sempre seguida não por um conhecimento direto dessa vergonha, mas por uma substituição: quase tão prontamente quanto falou, ela sentiu como se seu vestido estivesse desaparecendo gradualmente, seus olhos ofuscaram-se, sentiu-se desagradável, não merecedora de amor, não bela o bastante, não de uma qualidade digna de ser amada.

Por que sou amada por ele? Será que ele continua me amando? Seu amor é por algo que não sou. Não sou suficientemente bela, não sou boa, não sou boa para ele, ele não deveria me amar, eu não mereço, vergonha vergo-

nha vergonha por não ser suficientemente bela, há tantas outras mulheres muito mais belas, com rostos radiantes e olhos claros. Alan diz que meus olhos são lindos, mas não posso vê-los, para mim eles são olhos mentirosos, minha boca mente, há apenas algumas horas estava sendo beijada por outro... Ele está beijando a boca beijada por outro, está beijando olhos que adoraram outro... vergonha... vergonha... vergonha.. as mentiras, as mentiras... As roupas que ele está pendurando para mim com tanto cuidado foram acariciadas e amarrotadas por um outro, um outro que era tão impaciente que amarrotava e puxava meu vestido com violência. Não tinha tempo para me despir. É esse o vestido que ele está pendurando com carinho. Posso esquecer o dia de ontem, esquecer a vertigem, essa selvageria, posso voltar para casa e nela permanecer? Às vezes não consigo suportar as rápidas mudanças de cena, as transições rápidas, não consigo fazer calmamente as mudanças de um relacionamento para o outro. Algumas partes de mim são arrancadas como um fragmento, voam aqui e ali. Perco partes vitais de mim, uma parte de mim permanece naquele quarto de hotel, uma parte de mim afasta-se desse lugar de abrigo, uma parte de mim está seguindo um outro enquanto ele desce a rua sozinho, ou talvez não sozinho: alguém pode tomar meu lugar ao seu lado, enquanto estou aqui, esta será minha punição, e alguém ocupará meu lugar aqui quando eu partir. Sinto-me culpada por deixar cada um deles sozinho, sinto-me responsável por eles estarem sozinhos, duas vezes culpada com relação a ambos os homens. Onde quer que esteja, estou em muitas peças, sem ousar juntá-las, assim como não ousaria juntar os dois homens. Agora estou aqui, onde não serei ferida, pelo menos durante alguns dias não serei ferida de maneira alguma, por nenhuma palavra ou gesto... mas não sou toda eu que estou aqui, apenas metade de mim está sendo protegida. Bem, Sabina, você fracassou como atriz. Você rejeitou a disciplina, a rotina, a monotonia, as repetições, qualquer esforço sustentado, e agora tem um papel que precisa ser mudado a cada dia para proteger um ser humano do sofrimento. Lave seus olhos mentirosos e seu rosto mentiroso, vista as roupas que ficaram em casa, que são dele, batizadas por suas mãos, interprete o papel de uma mulher inteira, pelo menos você sempre desejou ser isso, não é uma mentira completa...

Alan jamais compreendeu a ânsia dela de tomar um banho, sua necessidade imediata de trocar de roupa, de lavar a velha maquilagem.

A dor da deslocação e da divisão mitigou-se, a vergonha dissolveu-se, enquanto Sabina passava para o estado de espírito de contentamento de Alan.

Nesse momento, ela se sentiu impelida por uma força externa a ser a mulher que ele pedia, desejava e criava. Ela realizará tudo que ele diga dela, sobre ela. Já não sente mais responsabilidade por aquilo que ela foi. Há uma modificação de seu rosto e de seu corpo, de suas atitudes e de sua voz. Ela tornou-se a mulher que Alan ama.

Os sentimentos que fluem através dela e que a arrastam são de amor, proteção, devoção. Esses sentimentos criam uma poderosa corrente na qual ela flutua. Por causa de sua força, eles engolfaram as dúvidas dela, como no caso das devoções fanáticas a um país, uma ciência, uma arte, quando todos os crimes menores são absolvidos pelo inquestionável valor do objetivo.

Uma luz semelhante a uma pequena face de diamante apareceu nos olhos dela, fixada na precisão mais estreita de sua intenção. Em outros momentos, suas pupilas eram dilatadas e não pareciam enfocar o presente, mas agora sua precisão de diamante estava trabalhando nessa difícil tecelagem das mentiras que dão vida, proporcionando-lhes uma clareza que era até mais transparente do que a da verdade.

Sabina quer ser a mulher que Alan quer que ela seja.

Às vezes Alan não tem certeza do que deseja. Então, a tempestuosa, tumultuosa Sabina espera com incrível tranquilidade, alerta e vigilante, por sinais de seus desejos e fantasias.

O novo eu que ela lhe ofereceu, criado para ele, pareceu intensamente inocente, mais novo do que qualquer mulher jovem poderia ter sido, porque era como uma abstração pura de mulher, uma figura idealizada, não nascida daquilo que ela era, mas do desejo dele e dela. Ela até mesmo alterou seu ritmo para ele, abandonando seus gestos pesados e impacientes, sua inclinação aos objetos grandes, aos cômodos grandes, à eternidade, ao capricho e às ações súbitas. Até mesmo suas mãos, que eram vigorosas por causa dele, repousavam mais suavemente nos objetos à sua volta.

– Você sempre quis ser atriz, Sabina. Fico feliz por você estar realizando esse desejo. Isso me consola por suas ausências.

Para a satisfação dele, Sabina começou a reconstruir os acontecimentos da última semana de sua ausência: a viagem a Provincetown, o comportamento do elenco, o problema dos erros da direção da peça, as reações do público, a noite em que os fusíveis queimaram, a noite em que a trilha sonora falhou.

Ao mesmo tempo, ela desejava poder contar-lhe o que acontecera de verdade; desejava poder repousar a cabeça nos ombros dele, como se a repousasse sobre uma força protetora, uma compreensão protetora não concernente à posse dela, mas sim a um completo conhecimento sobre ela, que incluísse a absolvição. Desejando que ele pudesse julgar seus atos com a mesma imparcialidade e sabedoria que aplicava aos atos de outros, desejando que ele pudesse absolvê-la, como absolvia os estranhos a partir do conhecimento de suas motivações.

O que ela desejava acima de tudo era a *absolvição* dele, de modo a poder dormir profundamente. Ela sabia o que a esperava em lugar do sono: uma vigília ansiosa pela noite. Pois, depois que Sabina reconstruiu os acontecimentos da última semana para a paz de espírito de Alan, depois que ele a beijou com gratidão e com a fome acumulada durante sua ausência, Alan caiu em sono profundo, em extremo abandono e confiança na noite que trouxera Sabina de volta, enquanto ela seguia deitada, acordada, imaginando se entre suas invenções podia haver uma que ficasse exposta mais tarde, imaginando se a descrição que fizera do hotel de Provincetown podia ser provada como falsa, baseada em boato. Imaginando se iria recordar-se do que dissera sobre isso e do que dissera acerca dos outros membros do elenco. Imaginando se Alan poderia encontrar um dia um dos atores do elenco e descobrir que Sabina jamais trabalhara com eles.

A noite veio apenas como um palco escuro no qual as cenas inventadas assumiam uma agudeza maior do que de dia. As cenas cercadas pela penumbra eram como as cenas de um sonho, salientadas, intensamente delineadas e sugerindo o tempo todo os abismos que cercavam os círculos de luz.

Fora desse quarto, dessa cama, havia um precipício negro. Ela escapara do perigo por um dia, isso era tudo. Outros perigos a esperavam no dia seguinte.

À noite ela também meditava sobre o mistério de sua desesperada necessidade de carinho. Enquanto outras moças rezavam por um amante belo, ou pela saúde, ou por poder, ou por poesia, ela rezara fervorosamente: faça com que ele seja carinhoso.

Por que teria ela tamanha necessidade de carinho? Seria uma aleijada? E se, em vez dele, ela tivesse casado com um homem violento ou com um homem cruel?

Bastou a palavra cruel para que seu coração começasse a bater febrilmente. A enormidade dos perigos que ela evitara era tão grande que Sabina nem sequer se atreveu a imaginá-los. Ela havia desejado e obtido carinho. E, agora que o encontrara, arriscava-se a perdê-lo todos os dias, todas as horas, em outras buscas!

Alan dormia pacificamente. Mesmo no sono ele conservava a serenidade dos gestos. O firme desenho do nariz, da boca e do queixo, as linhas angulares do corpo, tudo esculpido em algum material de retidão que não afrouxaria. Mesmo nos momentos de desejo, ele não possuía a selvageria dos olhos, os cabelos desordenados dos outros. Jamais ficaria muito delirante com o prazer ou expressaria os sons não muito humanos da selva do primitivo animalismo do homem.

Seria essa quietude que inspirava a confiança nela? Ele não contava mentiras. Podia dizer a Sabina o que sentia e pensava. Ao pensar em confissão, em confiar nele, ela já estava quase dormindo quando, saindo da penumbra, apareceu a imagem vívida de Alan, e ele estava soluçando, soluçando desesperadamente, como quando na morte de seu pai. A imagem despertou-a com horror, com compaixão, e novamente seu sentimento foi: preciso estar sempre em guarda para proteger a felicidade dele, sempre em guarda para proteger meu anjo da guarda...

Na penumbra, ela reviveu inteiramente os oito dias passados em Provincetown.

Ela caminhara até as dunas em busca da casa de O'Neil e perdera o caminho. As dunas eram tão brancas ao sol, tão imaculadas, que ela se sentiu como o primeiro habitante no topo de uma geleira.

O mar batia na base como se lutasse para puxar a areia de volta às suas profundezas, arrebatando um pouco de cada vez, apenas para recolocá-la na maré alta, na forma de desenhos geológicos, um mar estático com ondas de areia cristalizada.

Ela parou ali e tirou o traje de banho para ficar deitada ao sol. Montes de areia eram levantados pelo vento e depositados qual musselina sobre sua pele. Ela se perguntou se, caso ficasse ali bastante tempo, a areia iria cobri-la e ela desapareceria em uma sepultura natural. A imobilidade sempre lhe trouxera essa imagem, a imagem da morte, e era isso que a impelia a se levantar e buscar atividade. O repouso, para ela, assemelhava-se à morte.

Mas ali, naquele momento de luz e calor, com o rosto virado para o céu, o mar enrolando-se e se desenrolando violentamente aos seus pés, ela não temeu a imagem da morte. Jazia quieta, observando o vento formar desenhos na areia, e sentiu uma suspensão momentânea da ansiedade e da febre. Um dia a felicidade fora definida como a ausência de febre. Então, o que era aquilo que ela possuía, que era o contrário da febre?

Estava agradecida pelo fato de que, hipnotizada pelo esplendor tranquilizante do sol e pela agitação incurável do mar, seus próprios nervos não se enrolassem e saltassem dentro dela, destruindo esse momento de repouso.

Foi nesse momento que ela ouviu uma canção. Não era uma canção qualquer que alguém podia cantar caminhando na praia. Era uma voz poderosa, desenvolvida, com um firme centro de gravidade, acostumada aos amplos salões e ao grande público. Nem a areia, nem o vento, nem o mar, nem o espaço podiam atenuá-la. Espalhava-se com segurança, desafiando todos eles, um hino vital cuja força era igual à dos elementos.

O homem que apareceu tinha um corpo que era um parceiro pleno para a sua voz, uma caixa perfeita para esse instrumento. Tinha um pescoço forte, cabeça grande com a testa alta, ombros largos e pernas longas. Uma caixa cheia e forte para as cordas vocais, boa para a ressonância, pensou Sabina, que não se movera, esperando que ele passasse sem vê-la e sem interromper essa canção de Tristão e Isolda.

Enquanto a canção continuava, ela se sentia na Floresta Negra dos contos de fada alemães que tão avidamente havia lido na infância. Árvores gigantes, castelos, cavaleiros, tudo fora de proporção aos olhos de uma criança.

A canção aumentou, cresceu, reuniu todo o tumulto do mar, o rutilante carnaval dourado do sol, rivalizou com o vento e lançou suas notas mais altas ao espaço, qual vão de ponte de um arco-íris extravagante. E então se quebrou o encanto.

Ele vira Sabina.

Hesitou.

O silêncio dela tão perfeitamente eloquente quanto a canção dele, sua imobilidade irradiando a essência de sua intenção, tanto quanto a voz dele irradiara.

(Mais tarde ele lhe disse: se naquele momento você tivesse falado, eu teria me afastado. Você teve o talento de deixar que tudo mais falasse por você. Foi porque você estava em silêncio que fui em sua direção.)

Ela permitiu que ele continuasse seu sonho.

Observou-o subindo livre e facilmente a duna de areia, sorrindo. Seus olhos tomavam a cor do mar. Um momento antes, ela vira o mar como um milhão de olhos de diamante, e agora apenas dois, mais azuis, mais frios, se aproximavam dela. Se o mar, a areia e o sol formassem um homem para encarnar a alegria da tarde, iriam criar um homem como aquele.

Ele parou na frente dela, bloqueando o sol, ainda sorrindo, enquanto ela se cobria. O silêncio continuou a transmitir mensagens entre eles.

– *Tristão e Isolda* soou mais lindo aqui do que na ópera – disse ela.

E vestiu quieta o traje de banho e pôs o colar, como se isso fosse o fim da apresentação do próprio corpo e da voz dele.

Ele sentou-se ao seu lado.

– Só existe um lugar onde soa melhor. Na própria Floresta Negra, onde a canção nasceu.

Pelo sotaque, ela percebeu que era originário de lá e que não era acidental sua semelhança física com o herói wagneriano.

– Cantei-a por lá muitas vezes. Lá existe um eco, e eu tinha a sensação de que a canção estava sendo preservada em fontes ocultas e que brotaria de novo muito depois de eu estar morto.

Sabina parecia estar ouvindo o eco de sua canção e da descrição de um lugar onde havia memória, onde o próprio passado era como um vasto eco retendo a experiência; enquanto que ali havia essa enorme determinação de se dispor da memória e de se viver apenas o presente, como se a memória nada mais fosse que uma bagagem incômoda e inoportuna. Foi essa a opinião dele, e Sabina compreendeu imediatamente.

Então, seu movimento de maré se apossou dela de novo e ela disse, impaciente:

– Vamos andar.

– Estou com sede – ele disse. – Vamos voltar para onde eu estava sentado. Deixei um saco de laranjas.

Desceram deslizando as dunas de areia, como se fossem montes de neve e os dois estivessem de esqui. Andaram pela areia úmida.

– Uma vez vi uma praia onde cada passo que se dava formava fagulhas fosfóreas debaixo dos pés.

– Olha os pica-paus de areia – disse o cantor, sem qualquer exatidão, mas Sabina gostou da invenção dele e riu. – Vim aqui para descansar antes de minha estreia na ópera.

Eles comeram as laranjas, nadaram e tornaram a caminhar. Somente ao pôr do sol é que se deitaram na areia.

Ela esperava um gesto violento da parte dele, condinzente com seu corpo grande, seus braços pesados, seu pescoço musculoso.

Ele virou os olhos de cheio para ela, agora de um azul glacial; eram impessoais e pareciam olhar, para além dela, todas as mulheres, que se dissolveram em uma, mas que podiam dissolver-se a qualquer momento em todas de novo. Era esse olhar que Sabina encontrara sempre nos Dom Juans, em todos os lugares, era o olhar do qual desconfiava. Foi a alquimia do desejo fixando-se sobre a encarnação de todas as mulheres em Sabina por um momento, mas capaz de facilmente alquimiar Sabina por um segundo processo, transformando-a em muitas outras.

Sua identidade enquanto Sabina "única", amada por Alan, estava ameaçada. A desconfiança que sentiu no olhar dele fez com que o sangue corresse frio dentro dela.

Sabina examinou-lhe o rosto, para ver se ele adivinhara que ela estava nervosa, que cada momento de experiência provocava esse nervosismo, quase a paralisando.

Mas em vez de um gesto violento, ele segurou a ponta dos dedos dela com suas mãos de desenho suave, como se a estivesse convidando para uma valsa etérea, e disse:

– Suas mãos estão frias.

Ele acariciou-lhe o resto do braço, beijando o canto entre os cotovelos, os ombros, e disse:

– Seu corpo está febrilmente quente. Será que você não pegou sol demais?

Para tranquilizá-lo, ela disse descuidadamente:

– Nervosismo diante da plateia.

Ele riu da frase, com um jeito zombeteiro, incrédulo, como ela receara que fizesse. (Só havia um homem que acreditava que ela sentia medo, e, naquele momento, ela gostaria de poder correr de volta para Alan, afastando-se daquele estranho zombeteiro, a quem ela tentara enganar com sua pose, seus silêncios inteligentes, seus olhos convidativos. Coisa que era difícil demais de ser mantida e ela iria fracassar. Estava extenuando-se e sentia medo. Não sabia como recuperar o prestígio aos seus olhos, após haver admitido uma fraqueza na qual o estranho, zombeteiramente, não acreditava e que não estava em harmonia com seu comportamento provocador. Ela iria ouvir essa risada de escárnio mais uma vez, mais tarde, quando ele a convidou a encontrar seu amigo mais íntimo, seu companheiro de aventura, seu irmão Dom Juan, tão agradável, gracioso e confidente quanto ele mesmo. Eles a trataram, alegremente, como alguém de sua espécie, a aventureira, a caçadora, a mulher invulnerável, e isso a ofendera!)

Quando ele viu que ela não compartilhava sua risada, ficou sério, deitado ao seu lado, mas Sabina ainda se sentia ofendida e seu coração continuava a bater ruidosamente com o nervosismo diante da plateia.

– Tenho que voltar – disse ela, levantando-se e se livrando da areia com veemência.

Ele levantou-se com cortesia imediata, denotando um longo hábito de submissão aos caprichos femininos. Levantou-se e se vestiu, jogou a bolsa de couro em cima do ombro e caminhou ao lado dela, ironicamente cortês, impessoal, sem afetação.

Após um momento, ele disse:

– Você gostaria de se encontrar comigo para jantar no Dragon?

– Não para jantar; mais tarde, sim. Por volta das dez ou onze.

De novo, ele fez uma reverência, ironicamente, e caminhou ao seu lado com olhos frios. A indiferença dele irritou-a. Ele caminhava com uma segurança tão grande de que, no final das contas, sempre realizava seu desejo, que Sabina odiou essa segurança, invejou-a.

Quando chegaram à cidade balneária, todos viraram-se para olhá-los. O Mensageiro Radiante, ela pensou, da Floresta Negra dos contos de fadas. Respirando profundamente, dilatando o peito largo, caminhando bem ereto e, então, esse sorriso divertido que a fazia sentir-se alegre e tranquila. Estava orgulhosa por caminhar ao seu lado, como se fosse um troféu. Como mulher, sentia-se orgulhosa em sua vaidade feminina, em seu amor pela conquista. Esse passeio vanglorioso dava-lhe uma ilusão de força e poder: havia cativado e conquistado um homem como aquele. Sentia-se elevada aos próprios olhos, embora sabendo que essa sensação não era diferente da embriaguez e que iria desaparecer como o êxtase da bebida, deixando-a no dia seguinte mais abalada ainda, mais débil no âmago, vazia, nada possuindo dentro de si mesma.

O âmago, onde ela sentia uma insegurança constante, essa estrutura sempre próxima do colapso, que tão facilmente podia ser abalada por uma palavra áspera, um menosprezo, uma crítica, que se debatia diante de obstáculos, era perseguido pela imagem da catástrofe, pelo mesmo presságio obsessivo que ouvia na valsa de Ravel.

A valsa levando à catástrofe: girando em etéreas saias com lantejoulas, em assoalhos polidos, em direção a um abismo, as notas menores simulando leveza, uma dança simulada, as notas menores sempre relembrando que o destino do homem era governado pela treva derradeira.

Esse âmago de Sabina era apoiado temporariamente por um suporte artificial, o suporte da satisfação da vaidade, quando esse homem tão obviamente belo caminhava ao seu lado e todos aqueles que o viam invejavam a mulher que o cativara.

Quando se separaram, ele se inclinou sobre a mão dela, com um jeito de europeu, com respeito zombeteiro, mas sua voz saiu cálida quando repetiu:

– Você virá?

Se nada de sua beleza, perfeição e indiferença a havia impressionado, essa leve hesitação impressionou. Como, por um momento, ele ficou inseguro, ela o sentiu por um instante como um ser humano, um pouco mais próximo a ela, quando não invulnerável de todo.

Ela disse:

– Meus amigos estão esperando por mim.

Então, um sorriso de lento desabrochar, mas extremamente encantador, iluminou seu rosto, enquanto ele se empertigava todo e saudava:

– Troca de guardas no palácio de Buckingham!

Com esse tom de ironia, Sabina percebeu que ele não esperava que ela fosse encontrar amigos, mas sim, mais provavelmente, outro homem, outro amante.

Ele não acreditaria que ela quisesse retornar ao seu quarto para tirar a areia dos cabelos, passar hidratante na pele queimada pelo sol, renovar o brilho das unhas, com uma camada fresca de esmalte, reviver cada passo de seu encontro enquanto estivesse no banho, em seu hábito de querer experimentar as intoxicações da experiência não só uma vez, mas duas.

À moça com quem dividia o quarto, ela devia apenas um leve aviso de que estaria fora essa noite, mas nessa noite em especial havia uma terceira pessoa com elas por apenas uma madrugada, e essa mulher era amiga de Alan, assim como dela, de modo que sua partida seria um pouco mais complicada. Uma vez mais ela teria de roubar o êxtase e despojar a noite de suas intoxicações. Sabina esperou até que as duas estivessem dormindo e saiu silenciosamente, mas não foi em direção à rua principal, onde todos os seus amigos, os artistas, estariam passeando e poderiam oferecer-se para se juntar a ela. Saltou por cima da grade do cais e deslizou pela estaca de madeira, arranhando mãos e vestido nos mariscos, e pulou para a praia. Caminhou pela areia úmida em direção ao cais mais intensamente iluminado, onde o Dragon oferecia seu corpo iluminado pelo neon aos sedentos exploradores da noite.

Nenhum de seus amigos poderia dar-se ao luxo de ir ali, onde até mesmo o piano se descartara de sua modesta cobertura, somando a dança de seu desnudo mecanismo interno aos outros movimentos, estendendo o reino do pianista das notas abstratas a um disciplinado balé de peças de xadrez inclinadas em fios agitados.

Para chegar ao *nightclub*, Sabina teve de galgar enormes escadas de ferro em estacas brilhantes, onde seus cabelos e seu vestido ficaram presos. Ela ficou sem fôlego, como se tivesse estado mergulhando ali e retornado após se libertar do abraço das algas marinhas.

Mas ninguém a notou, exceto Philip, com o holofote focado no cantor do suave *blues*.

Um rubor de prazer apareceu até mesmo através do intenso bronzeado. Ele puxou uma cadeira para ela e se inclinou para sussurrar:

– Estava com medo de que você não viesse. Quando passei por seu estúdio, às dez horas, não vi luz alguma. Assim, subi e bati na janela, não com muita força, pois não vejo muito bem à noite e estava com medo de ter me enganado. Não houve resposta. Hesitei no escuro... esperei...

Com o terror de que Philip pudesse ter acordado suas amigas, ante o perigo que apenas fora evitado, ela sentiu a febre subindo, o calor do sangue realçado pelo perigo. A beleza dele à noite tornou-se uma droga, e a imagem de seu cego egoísmo com relação a ela impressionou-a e a desarmou. Nesse momento, os olhos dela tornaram-se escuros e margeados com pó de carvão como os das mulheres orientais. As pálpebras tinham uma tinta azulada, e as sobrancelhas, que ela não tirava, lançavam sombras que faziam com que o escuro resplendor de seus olhos parecesse vir de fontes ainda mais profundas do que durante o dia.

Os olhos de Sabina absorveram o vívido modelo das feições dele e o contraste entre sua cabeça forte e as mãos de dedos longos, sem pelos, cobertas pela mais fina penugem. Ele não apenas lhe acariciava a pele do braço, como também parecia exercer uma sutil pressão de músico sobre os nervos ocultos de um instrumento que conhecia bem, dizendo:

– A beleza de seu braço é exatamente igual à do corpo. Se eu não conhecesse o seu corpo, iria desejá-lo apenas ao ver a forma de seu braço.

O desejo formou uma ilha vulcânica na qual eles jaziam em transe, sentindo o turbilhão subterrâneo que havia por baixo deles, o chão e a mesa dançando e o *blues* magnético desarraigado pelo desejo, as avalanches dos tremores do corpo. Por baixo da pele delicada, dos filamentos do cabelo secreto, das identificações e dos vales da carne, brotou a lava vulcânica, o desejo incandescente; e, onde queimou, as vozes do *blues* sendo cantado tornaram-se um áspero grito selvagem, o indômito grito de prazer de animal e pássaro, e grito de perigo e grito de medo e grito de parto e grito de dor de ferimento do mesmo delta rouco das covas da natureza.

As trêmulas premonições sacudindo a mão, o corpo, tornaram a dança insuportável, a espera insuportável, o fumar e o conversar insuportáveis, logo iriam assumir a apreensão indomável do canibalismo sensual, das epilepsias jubilosas.

Fugiram dos olhos do mundo, dos prólogos proféticos, dissonantes e ovarianos do cantor. Desceram as barras enferrujadas das escadas, em direção aos subterrâneos da noite propícia ao primeiro homem e à primeira mulher no início do mundo, onde não havia palavras com as quais se possuir mutuamente, nenhuma música para serenatas, nenhum presente com que cortejar, nenhum torneio para impressionar e forçar uma submissão, nenhum instrumento secundário, nada de adornos, colares, coroas para conquistar, mas apenas um ritual, um alegre, alegre, alegre empalamento da mulher no mastro sensual do homem.

Ela reabriu os olhos para se encontrar deitada no fundo de um barco a vela, deitada sobre o casaco de Philip protegendo-a galantemente dos sedimentos, infiltrações de água e mariscos. Philip está deitado ao seu lado, apenas sua cabeça está acima da de Sabina, e seus pés se estendem além dos dela. Está deitado dormindo, contente, respirando profundamente. Ela fica sentada ao luar, furiosa, agitada, frustrada. A febre chegara ao clímax e minguara isoladamente de seu desejo, deixando-o não realizado, fracassado. Febre alta e nenhum clímax – raiva, raiva – nesse âmago que não se fundirá enquanto Sabina quiser ser como um homem, livre para possuir e desejar desfrutar de um estranho numa aventura. Seu corpo não se fundirá, não obedecerá à sua fantasia de liberdade. Ele frustrou-a na aventura que perseguira. A febre, a esperança, a miragem, o desejo suspenso, não realizado, iriam permanecer com ela a noite toda e, no dia seguinte, queimariam dentro dela e fariam com que outros que a vissem dissessem: "Como ela é sensual!".

Philip despertou e sorriu agradecido. Ele tinha dado e tomado e estava contente.

Sabina ficou deitada pensando que não iria vê-lo de novo e desejando desesperadamente poder fazer isso. Ele estava falando de sua infância e do amor que sentia pela neve. Adorara andar, esquiar. Em seguida, sem transição, surgiu uma imagem para perturbar essa cena idílica, e ele disse:

— As mulheres jamais me deixarão sozinho.

Sabina disse:

— Se você alguma vez quiser estar com uma mulher que nem sempre esperará que você faça amor, venha a mim. Eu compreenderei.

— Você é maravilhosa por dizer isso, Sabina. As mulheres ficam tão ofendidas se a pessoa não está sempre disposta e com estado de espírito para bancar o amante romântico e desempenhar seu papel.

Foram as palavras dela que o trouxeram de volta no dia seguinte, quando ele lhe confessara que jamais passava mais que uma noite com uma mulher, pois "depois disso ela começa a pedir demais, a fazer reivindicações...".

Ele veio e os dois caminharam para as dunas. Philip estava falador, mas continuava impessoal. Secretamente, Sabina esperava que ele pudesse falar-lhe algo que derretesse o indissolúvel âmago sensual, algo que ela pudesse responder, com que ele pudesse romper-lhe a resistência.

Então, o absurdo de sua expectativa a assombrou: procurar um outro tipo de fusão porque falhara em obter a sensual, quando o que queria era apenas a sensual, para atingir a liberdade do homem na aventura, para chegar ao gozo sem dependência que pudesse libertá-la de todas as ansiedades relacionadas ao amor.

Por um momento, ela viu seus anseios de amor parecidos àqueles de um viciado em drogas, dos alcoólatras, dos jogadores. O mesmo impulso irresistível, a mesma tensão, a mesma compulsão e, depois, a depressão seguindo-se à submissão ao impulso, o recuo. a amargura, a depressão e a compulsão mais uma vez...

Por três vezes, o mar, o sol e a lua testemunharam e escarneceram de seus esforços de possuir Philip de verdade, essa aventura, esse homem por quem outras mulheres tanto a invejaram.

E agora na cidade, no roxo do outono, ela caminhava em direção ao apartamento de Philip, após uma chamada telefônica dele. Os sinos do anel indiano com que ele a presenteara tilintavam alegremente.

Ela recordou-se do seu medo de que ele desaparecesse com o verão. Ele não lhe pedira o endereço. Uma amiga chegara no dia anterior à partida dele. Philip falara dessa mulher com reserva. Sabina adivinhara que ela era a essencial. Era uma cantora, ele a ensinara, a música os unia. Sabina ouviu na voz dele um tom de respeito, que não gostava de inspirar, mas que era semelhante ao tom de Alan quando falava sobre ela. Philip tinha por essa outra mulher a afinidade que Alan tinha por Sabina. Falava com ternura da saúde dela como não sendo boa, a Sabina que tão fervorosamente mantivera em segredo o fato de estar resfriada quando os dois nadavam, ou o de estar cansada quando caminhavam por longo tempo, ou o de se sentir febril sob um sol muito quente.

Sabina inventou um jogo supersticioso: se essa mulher fosse bela, então não iria vê-lo de novo. Senão, se ela fosse a amada fixa, então Sabina poderia ser a extravagância, o capricho, a droga, a febre.

Quando Sabina a viu, ficou assombrada. A mulher não era bonita. Era pálida, retraída. Mas, na presença dela, Philip caminhava calmo, feliz, subjugado pela felicidade, menos ereto, menos arrogante, mas suavemente sereno. Nenhum vestígio de relâmpago em seus frios olhos azuis, mas o suave brilho do amanhecer.

E Sabina soube que, quando ele quisesse a febre, iria chamá-la.

Sempre que se sentisse perdida nos infinitos desertos da insônia, ela iria dedicar-se de novo ao filamento labiríntico de sua vida, desde o princípio, para ver se poderia descobrir em que momento os caminhos se haviam tornado confusos.

Nessa noite, recordou-se dos banhos de lua, como se isso tivesse marcado o início de sua vida, em vez dos pais, da escola, do lugar de nascimento. Como se eles tivessem determinado o curso de sua vida mais que a herança ou imitação dos pais. Nos banhos de lua talvez estivesse a motivação secreta de seus atos.

Aos dezesseis anos, Sabina tomava banhos de lua, sobretudo porque todos os outros tomavam banhos de sol e, em segundo lugar, reconhecia ela, porque lhe haviam dito que isso era perigoso. Era desconhecido o efeito dos banhos de lua, mas se insinuava que podia ser o oposto dos efeitos do sol.

Estava amedrontada na primeira vez em que se expôs. Quais seriam as consequências? Havia muitos tabus contra se olhar para a lua, muitas lendas antigas sobre os efeitos malignos de se dormir ao luar. Ela sabia que a lua cheia era agudamente perturbadora para os loucos, que alguns deles retornavam aos hábitos animais de uivar para a lua. Sabia que na astrologia a lua governava a vida noturna do Inconsciente, invisível à consciência.

Mas então ela sempre preferira a noite ao dia.

O luar caía diretamente sobre sua cama no verão. Ela ficava deitada nua ao luar, durante horas, antes de cair no sono, perguntando-se o que seus raios iriam fazer-lhe à pele, ao cabelo, aos olhos e, depois, mais profundamente, aos sentimentos.

Nesse ritual, parecia-lhe que a pele adquiria um brilho diferente, um brilho noturno, uma luminosidade artificial que somente apresentava seu mais pleno fulgor à noite, na luz artificial. As pessoas percebiam isso e lhe perguntavam o que estava acontecendo. Algumas sugeriam que ela estava usando drogas.

Isso acentuava-lhe o amor ao mistério. Ela meditava sobre esse planeta que mantinha metade de si no escuro. Sentia-se ligada a ele porque era o planeta dos amantes. A atração que sentia por ele, o desejo de se banhar em seus raios explicavam sua repulsa a ter um lar, marido e filhos. Começou a imaginar que conhecia a vida que tinha lugar na lua. Sem lar, sem filhos, com amantes livres, nem mesmo ligados um ao outro.

Os banhos de lua cristalizaram muitos dos desejos e orientações de Sabina. Até esse momento, ela experimentara apenas uma simples rebelião contra as vidas que a cercavam, mas então começou a ver as formas e cores de outras vidas, reinos muito mais profundos, estranhos e remotos a serem descobertos, e percebeu que sua recusa à vida comum tinha um propósito: despachá-la qual foguete em direção a outras formas de existência. A rebelião era apenas a fricção elétrica acumulando uma carga de energia que a lançaria ao espaço.

Compreendeu por que se irritava quando as pessoas falavam da vida como sendo *uma*. Tinha certeza de miríades de vida dentro de si. Seu sentido de tempo alterou-se. Sentiu vividamente e com aflição a brevidade do período físico da vida. A morte encontrava-se terrivelmente próxima, e as jornadas em direção a ela eram vertiginosas, mas somente quando levava em consideração as vidas à sua volta, aceitando-lhes os horários, relógios, medições. Tudo que faziam contraía o tempo. As pessoas falavam de um nascimento, uma infância, uma adolescência, um romance, um casamento, uma maturidade, um envelhecimento, uma morte e, então, transmitiam o ciclo monótono aos seus filhos. Mas Sabina, ativada pelos raios lunares, sentia germinar dentro de si o poder de entender o tempo nas ramificações de uma miríade de vidas e amantes, para expandir a jornada ao infinito, fazendo imensas e voluptuosas voltas como cortesã depositária de múltiplos desejos. As sementes de muitas vidas, lugares, de muitas mulheres dentro de si foram fecundadas pelos raios lunares, porque vinham dessa vida noturna ilimitada, que geralmente percebemos apenas em nossos sonhos, os quais contêm raízes que se estendem a todas as magnificências do passado, transmitindo os ricos sedimentos ao presente, projetando-os ao futuro.

Observando a lua, ela adquiriu a certeza da expansão do tempo pela profundeza da emoção, extensão e infinita multiplicidade da experiência.

Foi essa chama que começou a queimar dentro dela, em seus olhos e em sua pele, qual febre secreta, e sua mãe olhou furiosa para ela e disse:

– Você parece uma tísica.

A chama do viver acelerado pela febre ardeu nela e atraiu as pessoas em sua direção, assim como as luzes da vida noturna atraíam transeuntes, arrancando-os da escuridão das ruas vazias.

Quando finalmente ela adormeceu, foi num sono agitado de vigia noturno continuamente consciente do perigo e da deslealdade do tempo tentando enganá-la por intermédio de relógios tolerantes, para bater as horas que passam, quando ela não estava acordada para captar seu conteúdo.

Ela observou Alan fechando as janelas, observou-o acender as lâmpadas e trancar a fechadura da porta que dava para o pórtico. Tudo isso, doces encerramentos; e, mesmo assim, em vez de deslizar languidamente em direção ao calor e à suavidade, Sabina sentiu um súbito desassossego semelhante ao de um barco fazendo força contra as amarras.

A imagem do rangente e agitado esqueleto do navio chegou nas ondas da *Île joyeuse* de Debussy, que entrelaçavam em volta dela todas as névoas e dissoluções de ilhas remotas. As notas-padrão chegaram carregadas qual caravana de especiarias, mitras douradas, cibórios e cálices, trazendo mensagens de prazer, pondo a corrente de mel entre as coxas, erguendo os minaretes sensuais dos corpos dos homens enquanto eles jazem na areia. Fragmentos de vidro colorido levados pelos mares, estilhaçados pelos feixes de raios de sol, e as ondas e marés da sensualidade cobriram seus corpos com os desejos abarcando cada onda envolvente, qual um acordeom de aurora boreal no sangue. Ela viu uma dança inalcançável, na qual homens e mulheres estavam vestidos com cores rutilantes, viu a alegria deles, as relações de um para com o outro como de um esplendor sem paralelo.

Desejando estar ali, onde isso era mais maravilhoso, ela fazia o próximo, o palpável, parecer uma demora em relação à vida mais luminosa que a esperava, com os personagens incandescentes sendo mantidos em espera.

O presente – Alan, com os punhos escondidos em sedosos cabelos castanhos, seu longo pescoço sempre inclinado em direção a ela, qual a própria árvore da fidelidade – foi assassinado pelo insistente sonho que interferia aos sussurros, uma bússola apontando miragens brotadas na música de Debussy, tentando-a como um oceano infinito, com suas vozes tornando-se mais indistintas, se ela não ouvisse com todo o seu ser; seus passos mais leves, se ela não os seguisse; suas promessas, seus suspiros de prazer tornando-se mais claros ao penetrarem diretamente em regiões mais profundas de seu corpo através dos sentidos que sustentam em pálios etéreos todos os estandartes tremulantes de gôndolas e divertimentos.

O *Clair de lune* de Debussy brilhava em outras cidades... Ela queria estar em Paris, a cidade propícia aos amantes, onde os policiais sorriam absolvição e os motoristas de táxi jamais interrompiam um beijo...

O *Clair de lune* de Debussy brilhava em muitos rostos de estranhos, em muitas *Îles joyeuses*, festivais de música na Floresta Negra, com marimbas sendo tocadas aos pés de vulcões fumegantes, frenéticas danças intoxicantes no Haiti, e ela não estava ali. Estava deitada em um quarto com janelas fechadas, sob a luz de um lampião.

A música cansou-se de chamá-la, as teclas negras inclinaram-se ironicamente à inércia dela, na forma de pavana para uma infanta defunta, e se dissolveram. Tudo que ela podia ouvir nesse momento eram as sirenes de nevoeiro no Hudson, tocadas por navios a bordo dos quais ela jamais seria capaz de subir.

Sabina saiu uma semana mais tarde, vestida de roxo, e esperou um dos ônibus da Quinta Avenida que permitiam fumar. Uma vez tendo sentado, abriu uma bolsa abarrotada, retirou um anel indiano com minúsculos sinos e o colocou no lugar da aliança de casamento. A aliança foi empurrada para o fundo da bolsa. Nesse momento, cada gesto que fazia era acompanhado pelo tilintar dos sinos.

Na rua 64, saltou para fora do ônibus antes que este parasse de todo, e seu andar mudou. Agora ela caminhava rápida e diretamente, imprimindo energia e vigor aos quadris. Caminhava com todo o pé tocando o chão, como fazem os latinos e os negros. Enquanto na sua postura frente a Alan seus ombros ficavam curvados, nesse momento estavam vigorosamente jogados para trás, e ela respirava profundamente, sentindo os seios forçarem o vestido roxo.

Os meneios de seu caminhar originavam-se na pélvis e nos quadris, uma forte vibração semelhante a ondas de músculos fluindo dos pés aos joelhos, das cadeiras e costas à cintura. Caminhava com todo o seu corpo, como que para ganhar força cinética para um acontecimento no qual todo o seu corpo fosse participar. Em seu rosto já não havia mais qualquer confusão, mas uma veemência que fazia com que as pessoas parassem e olhassem para sua face, como se tivessem sido tocadas por um ímã.

As luzes da noite estavam sendo acesas e, nessa hora, Sabina sentiu-se como a cidade, como se todas as luzes fossem acesas de uma só vez, provocando uma vasta iluminação. Havia luzes em seus cabelos, em seus olhos, em suas unhas, nas ondulações de seu vestido roxo que agora se tornava preto.

Quando finalmente chegou ao apartamento, compreendeu que ainda não sabia se ele vivia sozinho.

Ele levou-a a um quarto que se parecia com ele e que fora arrumado só para ele. Seus troféus de esqui estavam pendurados nas paredes: em uma cortina vienense de damasco estava pendurado um exército inteiro de diminutos soldados em formação militar. Em cima do piano havia pilhas de músicas em desordem e, no centro do cômodo, sob um guarda-chuva que pendia aberto do teto, um telescópio parcialmente construído.

– Quero ver as estrelas com meu próprio telescópio feito a mão. Agora estou polindo a lente. Isso leva muito, muito tempo, e é preciso ter muita paciência.

– Mas o guarda-chuva! – exclamou Sabina rindo.

– As crianças do apartamento de cima ficam saltando e finas partículas de reboco caem sobre minha lente, arranhando-a. O menor grão de poeira pode arruinar um dia inteiro de polimento.

Ela compreendeu o desejo dele de observar os planetas através de um instrumento feito por suas próprias mãos. Ficou ansiosa para vê-lo concluído e quis saber quanto tempo iria levar. Absorvidos pelo telescópio, comportaram-se como amigos e, por um momento, abandonaram os desafios tensos e os incômodos da conquista.

Despiram-se com esse estado de espírito. Philip inventava jocosamente trejeitos infinitos, como fazem as crianças. Adorava fazer-se de grotesco, como se estivesse cansado de ser sempre impecavelmente belo. Poderia conseguir transformar-se em um Frankenstein.

Sabina ria, mas preocupada, com medo de que, se a beleza dele desaparecesse de verdade, não mais pudesse desejá-lo, cônscia da evanescência e da fragilidade desse desejo. Se o cantor de *Tristão e Isolda* cantando na Floresta Negra dos contos de fadas desaparecesse, que iria ela desejar então?

Em seguida, os frios olhos dele tornaram-se conscientes da intensidade dos dela, que o atiçavam. Seu desinteresse foi aceso pela latente violência dela. Philip não queria fogos ou explosões de sentimentos em uma mulher, mas queria saber que estavam ali. Queria o perigo de tocá-los apenas nas sombrias profundezas da carne da mulher, mas sem despertar um coração que o prendesse. Frequentemente tinha fantasias em que possuía uma mulher cujos braços estavam amarrados nas costas.

Um dia ele viu uma pesada nuvem de tempestade instalada sobre uma montanha de picos gêmeos, bem entrelaçados como num abraço, e disse: "Cópula maravilhosa, a montanha não tem nenhum braço!".

Nesse momento, cansou-se de fazer caras e, reassumindo as feições perfeitamente modeladas, inclinou-se sobre ela para lhe prestar homenagem ao corpo.

E então aconteceu como que um milagre, essa pulsação de prazer inatingível aos músicos mais exaltados, os cumes da perfeição na arte, ciência ou guerra, inatingidos pelas mais régias belezas da natureza, esse prazer que transforma o corpo em uma torre alta de fogos de artifício que explodem gradualmente em fontes de delícia através dos sentidos.

Ela abriu os olhos para contemplar a penetrante alegria de sua liberação: era livre, livre como os homens para gozar sem amor.

Sem nenhum ardor no coração, como um homem era capaz, ela gozara com um estranho.

E então se recordou do que ouvira os homens dizerem: "Aí eu quis ir embora".

Olhou para o estranho deitado desnudo ao seu lado e o viu como uma estátua que não queria tocar de novo. Como uma estátua, ele estava deitado longe dela, estranho a ela, e então nasceu nela algo que se assemelhava à raiva, ao arrependimento, quase que um desejo de retirar aquela dádiva de si, apagar todos os seus traços, para bani-lo de seu corpo. Queria afastar-se dele pronta e limpamente, para desenredar e desfazer o que estivera fundido por um momento, seus hálitos, peles, exalações e essências do corpo.

Deslizou bem suavemente para fora da cama, vestiu-se com ágil silêncio, enquanto ele dormia. Andou na ponta dos pés até o banheiro.

Achou na prateleira pó de arroz, pente, batom em embalagens cor-de-rosa. Sorriu para elas. Esposa? Amante? Que bom contemplar esses objetos sem o menor tremor de arrependimento, inveja ou ciúme. Era esse o significado da liberdade. Livre de ligação, da dependência e da capacidade de sentir dor. Respirou profundamente e percebeu que descobrira para sempre essa fonte de prazer. Por que fora tão difícil?

Tão difícil que tantas vezes fora obrigada a simular esse prazer?

Enquanto penteava o cabelo e repintava os cílios, desfrutou do banheiro, essa zona neutra de segurança. Enquanto se movia entre os homens, amantes, sempre entrava com prazer em uma zona de segurança natural (no ônibus; no táxi, no caminho de um a outro; nesse momento, no banheiro), livre da aflição. Se ela amasse Philip, como cada um desses objetos, pó de arroz, grampos de cabelo, pente, a teria ferido!

(Não devo confiar nele. Só estou de passagem. Estou a caminho de outro lugar, outra vida, onde ele não poderá me encontrar, me reivindicar. Que bom não amar; recordo-me dos olhos da mulher que encontrou Philip na praia. Seus olhos estavam em pânico quando ela olhou para mim. Perguntava-se se eu seria aquela que iria roubá-lo. E como esse pânico desaparecera com o tom da voz de Philip quando a apresentou: "Apresento-lhe Dona Juana". A mulher compreendera o tom da sua voz, e o medo desaparecera de seus olhos.)

Que nova segurança Sabina sentiu ao dar o laço nas sandálias, jogar sobre os ombros a capa e alisar os longos cabelos lisos. Estava livre não apenas do perigo, mas também para uma rápida fuga. Foi assim que chamou a coisa. (Philip observara que nunca antes vira uma mulher vestir-se com tanta rapidez, nunca vira uma mulher reunir seus pertences tão rapidamente sem nunca se esquecer de um só deles!)

Como ela aprendera a jogar cartas de amor na privada, a não deixar nenhum cabelo no pente emprestado, a juntar seus grampos, a apagar traços de batom dos lugares, a limpar as sombras do pó de arroz.

Seus olhos parecidos aos de um espião.

Seus hábitos semelhantes aos de um espião. A maneira como colocava todas as roupas em cima de uma cadeira, como se pudesse ser chamada de repente e não devesse deixar quaisquer traços de sua presença.

Ela conhecia todos os truques nessa guerra do amor.

E sua zona neutra, o momento em que não pertencia a ninguém, quando recompunha de novo seu eu dispersado. O momento do não amando, não desejando. O momento em que alçava voo, se o homem tivesse admirado uma outra mulher que passasse, ou falasse durante muito tempo sobre um antigo amor, as pequenas ofensas, as pequenas feridas, um estado de espírito de indiferença, uma pequena deslealdade, uma pequena infidelidade, tudo isso eram advertências sobre possíveis erros maiores, a serem neutralizados por uma deslealdade igual, maior ou total, de sua parte, o mais esplêndido dos antídotos, preparado com antecipação para as emergências últimas. Ela estava acumulando um suprimento de traições, de modo a que, quando o choque viesse, ela estivesse preparada: "Não fui apanhada sem saber, a armadilha não se fechou sobre a minha ingenuidade, sobre a minha tola credulidade. Eu já havia traído. Para estar sempre à frente, um pouco à frente das esperadas traições da vida. Para estar ali em primeiro lugar e, assim, preparada...".

Quando retornou ao quarto, Philip ainda estava dormindo. Era o fim da tarde e a chuva mandava ventos mais frios em direção à cama, mas ela não teve qualquer vontade de cobri-lo ou protegê-lo, ou mesmo de lhe dar um pouco de calor.

Havia estado fora apenas cinco dias, mas, por causa de todas as emoções e experiências ocorridas, de todas as expansões e explorações internas, Sabina tinha a sensação de ter estado fora durante muitos anos. A imagem de Alan retrocedera bem para o passado e ela foi assaltada pelo enorme medo de perdê-lo por completo. Cinco dias contendo tantas mudanças dentro de seu corpo e de seus sentimentos dilatavam o período de ausência, adicionavam incomensuráveis milênios à sua separação de Alan.

Certas estradas trilhadas emocionalmente apareciam também no mapa do coração como que se afastando do centro e, no final, levavam ao exílio.

Impelida por esse estado de espírito, ela apareceu em casa.

– Sabina! Estou tão feliz. Não esperava você por mais uma semana. Que aconteceu? Algo deu errado?

Ele estava ali. Cinco dias não haviam alterado sua voz, a expressão de seus olhos que a tudo envolvia. O apartamento não mudara. O mesmo livro ainda estava aberto ao lado da cama, as mesmas revistas ainda não haviam sido jogadas fora. Ele não acabara determinada fruta que ela comprara da última vez em que estivera ali. As mãos dela acariciaram os cinzeiros abarrotados, seus dedos desenharam rios de meditação sobre as camadas de pó em cima da mesa. Naquele lugar, o viver era gradual, orgânico, sem descidas ou subidas vertiginosas.

Estando de pé ali, o resto de sua vida lhe pareceu uma fantasia, um sonho. Procurou a mão de Alan, buscando as sardas familiares do seu pulso. Sentiu grande necessidade de tomar um banho antes que ele a tocasse, para se lavar com rigor dos outros lugares, das outras mãos, dos outros odores.

A fim de lhe fazer uma surpresa, Alan lhe comprara alguns discos dos cantos e tambores de *Île joyeuse*. Eles ouviram o tamborilar que começava remotamente, como que tocado em uma aldeia distante, sufocado por videiras na selva. A princípio, como se fossem os passos de uma criança pequena correndo através de juncos ressecados e, em seguida, passos mais pesados sobre madeira oca e, então, possantes dedos acentuados sobre o couro do tambor e, subitamente, uma série de troncos crepitantes, couros de animais sendo esbofeteados e recebendo golpes com os nós dos dedos, sendo agitados e bicados tão rapidamente que não havia tempo para ecos. Sabina viu os corpos de ébano e canela através dos quais nunca aparecia a estrutura dos ossos, brilhando com os selvagens banhos de mar, pulando e dançando tão rapidamente quanto os colares dos toques de tambor, em verde-esmeralda, azul-anil, tangerina, em todas as cores das frutas e flores, brilhantes eucaliptos de carne.

Havia lugares em que apenas o batimento do sangue guiava o corpo, onde não havia qualquer separação da velocidade do vento, do tumulto das ondas e das orgias do sol. As vozes plenas de seiva cantavam alegremente... *cascabel... guyabana... chinchinegrites...*

– Eu gostaria que pudéssemos ir lá juntos – disse Sabina.

Alan lançou-lhe um olhar repreensivo, como se lhe doesse ser obrigado a lhe repetir:

– Não posso deixar meu trabalho. Talvez mais tarde, este ano...

Os olhos de Sabina arregalaram-se, fixos. Alan interpretou isso como desapontamento e acrescentou:

– Por favor, seja paciente, Sabina.

Mas o olhar de Sabina não fora trespassado pelo desapontamento. Era a fixação do visionário. Ela estava observando uma miragem assumir sua forma, nasciam pássaros com novos nomes: "Cuchuchito", "Pito real". Estavam empoleirados em árvores chamadas "liquidâmbar", e sobre sua cabeça se estendia um telhado feito de folhas de palmeira atadas com junco. *Mais tarde era sempre tarde demais; mais tarde não existia.* Havia apenas uma grande distância a ser superada para se chegar ao inacessível. Os tambores haviam chegado carregando o cheiro de peles de canela em uma dança de batimentos cardíacos. Logo eles trariam um convite que ela não iria recusar.

Quando Alan tornou a olhar para o rosto dela, seus cílios haviam caído em um simulacro de obediência. Ele sentiu que a iminência da partida fora evitada com uma súbita docilidade. Não observou que a quietude dela já era em si uma forma de ausência. Ela já estava habitando a *Île joyeuse.*

Talvez por causa disso, quando ouviu um tamborilar ao caminhar pela rua McDougall, ela achou natural parar, descer os degraus que levavam a um cômodo de porão de paredes alaranjadas e se sentar em um dos tambores cobertos com peles.

Os percussionistas estavam tocando em completa autoabsorção, atentos a um ritual, buscando os próprios transes. Um cheiro de condimentos vinha da cozinha, e brincos de ouro dançavam sobre os pratos fumegantes.

As vozes começaram um encantamento para Alalle, tornaram-se o grito de pássaros, o grito de animais, cachoeiras caindo sobre rochas, bambus mergulhando as raízes digitadas nas águas da laguna. Os tambores batiam tão rapidamente que o cômodo se transformou em uma floresta cuja folhagem era feita de sapateados, enquanto o vento soprava persuadindo Alalle, o concessor do prazer.

Entre os rostos escuros havia um pálido. Um avô da França ou da Espanha, e um jorro de branco calcário foi acrescentado ao caldeirão de ébano, deixando-lhe os cabelos brancos, mas com uma profundidade refletora como a de um espelho negro. Sua cabeça era redonda, a testa, larga, as maçãs do rosto, cheias, os olhos, suaves e brilhantes. Seus dedos sobre o tambor agilizavam-se agora de modo fluido, tocando com uma veemência que ondulava das cadeiras aos ombros.

Sabina podia vê-lo nadando, agachando-se ao lado de uma fogueira na praia, pulando, subindo em árvores. Sem mostrar qualquer osso, apenas a maciez dos ilhéus dos Mares do Sul, músculos fortes mas invisíveis como nos gatos.

A difusão de cor em seu rosto também lhe dava aos gestos uma firmeza sem nervos, bem diferente do *staccato* nervoso dos outros percussionistas. Ele vinha da ilha da suavidade, de vento suave e mar quente, onde a violência jazia inerte e explodia apenas em ciclos. Com a vida doce demais, calma demais, inebriante demais para a raiva contínua.

Quando pararam de tocar, eles se sentaram a uma mesa próxima à dela e conversaram em um espanhol refinado, formal, colonial, do século XVI, na afetada linguagem das velhas baladas. Praticavam uma refinada polidez que fez Sabina sorrir. A estilização imposta pelos conquistadores às profundezas africanas era como a ornamentação barroca em uma choupana de sapê. Um deles, o mais negro, ostentava um colarinho branco rígido e um guarda-chuva de cabo longo em sua cadeira.

Segurava o chapéu com todo o cuidado sobre os joelhos e, para não desarrumar os vincos bem passados de seu traje, tocava o tambor quase que inteiramente a partir dos punhos, movendo a cabeça da esquerda para a direita do colarinho engomado, separada dos ombros como a cabeça de um bailarino balinês.

Ela sentiu-se tentada a lhes interromper a polidez, a lhes romper a superfície polida da placidez com sua extravagância. Quando balançou o cigarro na bolsa, o anel indiano que Philip lhe dera tilintou e o percussionista de rosto pálido virou o rosto na direção dela e sorriu, como se esse som frágil fosse uma resposta inadequada ao seu toque de tambor.

Quando ele retornou ao seu cantar, uma teia invisível já havia sido tecida entre os olhos dos dois. Ela já não observava as mãos dele em cima da pele do tambor, mas sim sua boca. Seus lábios eram cheios, assim mesmo, carnudos, mas de desenho firme, embora a maneira como os ostentava fosse como uma oferta de fruta. Jamais se fechavam por completo nem se retraíam pela mais leve contração, senão que permaneciam ofertados.

Seu cantar lhe era oferecido nesse cálice de sua boca, e Sabina o bebia atentamente, sem derramar uma gota desse encanto de desejo. Cada nota era o roçar de sua boca sobre ela. Seu cantar exaltou-se e o tamborilar ficou mais profundo e cortante, chovendo sobre o coração e o corpo de Sabina. Tum-tum-tum--tum-tum em seu coração, ela era o tambor, sua pele estava esticada sob as mãos dele, e o toque do tambor vibrava pelo resto do seu corpo. Onde quer que ele fixasse os olhos, ela sentia o tamborilar de seus dedos no estômago, nos seios, nos quadris. Os olhos dele fixaram-se nos desnudos pés de Sabina, metidos em sandálias, e eles tocaram um ritmo de resposta. Os olhos dele fixaram-se na cintura torneada onde os quadris começavam a se dilatar, e ela se sentiu possuída por uma canção. Quando ele parou de tocar o tambor, deixou as mãos estendidas sobre o couro, como se não quisesse tirá-las do corpo de Sabina, e os dois continuaram a se encarar e então se separaram como que receando que todos tivessem visto o desejo que brotava entre ambos.

Mas quando dançaram ele mudou. A maneira direta, inescapável com que ele colocou os joelhos entre os dela, como que implantando a rigidez de seu desejo. Segurou-a firmemente, de modo tão encerrado que cada movimento que faziam era como que feito por um único corpo. Ele segurava-lhe a cabeça contra a sua com uma limitação física, como se fosse para a eternidade. O desejo dele tornou-se um centro de gravidade, uma solda final. Não era muito mais alto que ela, mas se mantinha altivo e, quando ela erguia os olhos na direção dos dele, seus olhos cravavam-se no próprio ser de Sabina, de uma forma tão sensualmente direta que ela não conseguia suportar seu esplendor, seu pedido. A febre brilhava no rosto dele como o luar. Ao mesmo tempo, apareceu uma estranha onda de raiva que ela sentiu e não pôde explicar.

Quando a dança terminou, a reverência dele foi um adeus, tao finito quanto fora seu desejo.

Ela esperou, com angústia e espanto.

Ele voltou aos seus cantos e tambores, mas não mais os oferecendo a ela.

No entanto, Sabina sabia que ele a desejara. E por que estava destruindo isso agora? Por quê?

Sua ansiedade ficou tão violenta que ela quis parar o toque de tambor, parar a dança dos outros. Mas reprimiu esse impulso, compreendendo que isso iria afastá-lo. Havia o orgulho dele. Havia nele essa estranha mescla de passividade e agressividade. Na música, ele estivera em brasas, suave e oferecido; na dança, tirânico. Ela precisava esperar. Tinha de respeitar o ritual.

A música parou, ele foi até sua mesa, sentou-se e lhe deu um sorriso misturado com uma contração de dor.

– Eu sei – ele disse. – Eu sei...

– Você sabe?

– Sei, mas não pode ser – disse ele de modo bem cortês. E então, de repente, a raiva transbordou: – Para mim, é tudo ou nada. Eu já sabia disso antes... uma mulher como você. Desejo. É desejo, mas não por *mim*. *Você não me conhece*. É por minha raça, é por uma força sensual que temos.

Ele estendeu o braço para lhe segurar o punho e falou bem perto do rosto de Sabina:

– Isso me destrói. Por toda parte desejo e, na entrega última, a retirada. Porque sou um africano. Que você sabe de mim? Eu canto e toco tambor e você me deseja. Mas não sou um mestre de cerimônias. Sou matemático, compositor, escritor. – Lançou-lhe um olhar severo, com o volume de sua boca difícil de ser comprimido com a raiva, enquanto seus olhos piscavam: – Você não iria à *Île joyeuse* para ser minha mulher e alimentar meus filhos negros e servir pacientemente minha avó negra!

Sabina respondeu-lhe com igual veemência, afastando os cabelos do rosto e baixando o tom da voz ao ponto de esta soar como um insulto:

— Vou dizer-lhe uma coisa: se isso é tudo que você tem a dizer, eu percebi e isso não me segurou, não foi o bastante, foi magnífico, mas não me segurou. Você está destruindo tudo com sua amargura, está com raiva e foi ferido...

— Sim, é verdade, fui ferido, e por uma mulher que se parecia com você. Assim que você entrou, pensei que fosse ela...

— Meu nome é Sabina.

— Não confio em você. Não confio em você nem um pouco.

Mas quando ela se levantou para dançar com ele, ele abriu os braços e, quando ela pousou a cabeça em seu ombro, olhou para o rosto dela, vazio de toda raiva e amargura.

O apartamento de Mambo era situado em Patchen Place, numa rua sem saída. Uma grade de ferro bloqueava-lhe a entrada pela metade, como a entrada de uma prisão. Como todas as casas eram idênticas, aumentavam essa impressão de ser uma instituição, onde todas as variações da personalidade humana seriam tratadas como excentricidades e sintomas de desintegração.

Sabina odiava essa rua. Sempre a considerara uma armadilha. Tinha certeza de que o detector de mentiras a vira entrar e iria esperar no portão para vê-la sair. Como seria simples para ele descobrir quem morava lá, a quem ela visitava, de que casa ela saía pela manhã.

Ela imaginou-o procurando em cada casa, lendo todos os nomes das caixas de correio: E. E. Cummings, Djuna Barnes, Mambo do *nightclub* Mambo, conhecido por todo o mundo.

Ao alvorecer, o próprio detector de mentiras a veria sair da casa, com a capa bem apertada em volta do corpo contra a severidade da manhã, o cabelo não penteado de todo e os olhos não completamente abertos.

Qualquer outra rua, menos essa.

Um dia, no início do verão, ela fora acordada por uma dolorosa tensão de nervos. Todas as janelas estavam abertas. Era quase de manhã. A ruazinha estava em silêncio absoluto. Ela pôde ouvir as folhas tremendo nas árvores. Depois, um gato gemendo. Por que acordara? Havia algum perigo? Alan estaria vigiando no portão?

Ela ouviu uma voz de mulher gritar claramente:

– Betty! Betty!

E outra voz respondeu com os abafados sons de quem está meio dormindo:

– Qual é o problema?

– Betty! Há um homem escondido em um dos vãos de porta. Eu o vi meter-se ali furtivamente.

– Bem... e que é que você quer que eu faça com relação a isso? É apenas um bêbado indo para casa.

– Não, Betty. Ele estava tentando esconder-se quando me debrucei para fora da janela. Peça a Tom que vá dar uma olhada. Estou com medo.

– Oh, não seja infantil. Vá dormir. Tom trabalhou até tarde ontem à noite. Não posso acordá-lo. De qualquer maneira, o homem não poderá entrar, a menos que você aperte o botão e deixe que ele entre!

– Mas ele estará ali quando eu sair para o trabalho. Estará esperando ali. Chame Tom.

– Vá dormir.

Sabina começou a tremer. Tinha certeza de que era Alan. Alan estava esperando lá embaixo para vê-la sair. Para ela isso era o fim do mundo. Alan era o centro da sua vida. Esses outros momentos de febre eram momentos de um sonho: insubstanciais e que desapareciam tão depressa quanto chegavam. Mas se Alan a repudiasse seria sua morte. Sua existência aos olhos de

Alan era sua única existência verdadeira. Dizer "Alan me rejeitou" era o mesmo que dizer "Alan me matou".

As carícias da noite anterior foram intensamente maravilhosas, como todas as chamas multicolores de fogos de artifício, estouros de sóis explodidos e de neons dentro de seu corpo, cometas voadores voltados para todos os centros do prazer, estrelas cadentes de penetrantes êxtases, mesmo assim, se ela dissesse "quero ficar aqui e viver com Mambo para sempre", seria o mesmo que as crianças que ela havia visto tentando ficar debaixo da chuva de faíscas dos fogos de artifício, que duravam instantes e as cobriam de cinzas.

Ela viu duas cenas diante de seus olhos: Alan soluçando como soluçara na morte de seu pai, e essa imagem provocou-lhe uma dor intolerável. E a segunda cena foi Alan furioso, como jamais aparecera para ela, apenas para outros, e isso também era intolerável; ambas igualmente aniquilantes.

Ainda não era de manhã. O que ela poderia fazer? Sua ansiedade era tão grande que ela não poderia continuar deitada ali, em silêncio. Como poderia explicar a Mambo sua partida de manhã tão cedo? No entanto, levantou-se em silêncio, deslizando gradualmente para fora da cama, e se vestiu. Estava trêmula, e as roupas deslizaram desajeitadamente por entre seus dedos.

Ela precisava ir ver quem era o homem escondido no vão da porta. Não podia suportar o suspense.

Saiu do apartamento, lentamente e em silêncio. Desceu a escada com os pés descalços, carregando as sandálias. Parou no momento em que um degrau rangeu. A transpiração apareceu em suas sobrancelhas. Uma sensação de extrema fraqueza mantinha suas mãos tremendo. Finalmente chegou à porta e viu a silhueta de um homem por trás do vidro fosco. Estava ali, fumando um cachimbo da mesma maneira que Alan fazia. O coração de Sabina paralisou-se. Ela soube por que sempre odiara essa rua sem saída. Ficou ali durante dez minutos inteiros, paralisada pelo terror e pela culpa, triste pelo que estava acontecendo.

– É o fim do mundo – sussurrou.

Ela resumiu sua existência como quem está prestes a morrer: os intensos momentos de paixão dissolveram-se como coisa sem importância em face da perda de Alan, como se esse amor fosse o centro de sua existência.

Ao formular isso, a angústia chegou ao ponto em que ela não conseguiu mais ficar quieta. Empurrou a porta, abrindo-a com violência.

Era um estranho que estava ali, com olhos vermelhos, injetados de sangue, e pernas trôpegas. Ele assustou-se com o súbito aparecimento de Sabina e murmurou, inclinando-se para trás:

– Não consigo encontrar meu nome na campainha da porta, senhora. Pode ajudar-me?

Sabina encarou-o com uma fúria selvagem e passou correndo por ele, com a ponta da capa batendo-lhe no rosto.

Mambo censurava-a constantemente:
– Você não me ama.

Ele sentia que Sabina abraçava nele, beijava em seus lábios a música, as lendas, árvores, os tambores da ilha de onde ele vinha, que ela procurava possuir ardentemente tanto seu corpo quanto a ilha, que ela oferecia o próprio corpo às suas mãos assim como quem oferece aos ventos tropicais, e que as vibrações do prazer assemelhavam-se àquelas dos nadadores em mares tropicais. Sabina saboreava em seus lábios os temperos de sua ilha e havia sido nessa ilha também que ele aprendera a maneira especial como a acariciava, uma voluptuosidade sedosa, sem aspereza ou violência, parecida com a forma de seu corpo de ilha onde não aparecia nenhum osso.

Sabina não se sentia culpada por sorver os trópicos através do corpo de Mambo: sentia uma vergonha mais sutil, a de levar a ele uma Sabina fabricada, que fingia um amor simples.

Nessa noite, quando a droga das carícias os lançasse ao espaço, livres – livres por um instante de todas as interferências na união completa, criada pelos próprios seres humanos –, ela lhe daria uma Sabina indisfarçada.

Quando seus corpos ainda palpitantes jaziam lado a lado, sempre havia silêncio e, nesse silêncio, cada qual começava a tecer os fios separadores para desunir o que estivera unido, para retornar isoladamente ao que, por um momento, fora compartilhado igualmente.

Havia essências de carícia que podiam penetrar no mais completo dos isolamentos, filtrando-se através das defesas mais fortes, mas estas, logo depois da troca de desejos, podiam ser destruídas como as sementes do nascimento.

Mambo dava prosseguimento a esse cuidadoso trabalho, renovando as acusações secretas contra Sabina, de que ela procurava apenas o prazer, de que ela amava nele somente o ilhéu, o nadador e o percussionista, que ela jamais tocava nele, ou desejava ardentemente, ou recebia no corpo o artista que ele mais estimava em si mesmo, o compositor de música que era uma destilação dos temas bárbaros de sua origem.

Ele era um fugitivo da própria ilha, procurando consciência, procurando proteção e equilíbrios delicados como na música de Debussy, e ao seu lado estava deitada Sabina, dispersando febrilmente todas as delicadezas ao pedir:

– Toque o tambor! Mambo, toque! Toque para mim!

Sabina também estava fugindo dos ardentes momentos que quase soldaram suas diferenças. Seu eu secreto, exposto e desnudo em seus braços, precisava ser vestido mais uma vez, pois o que Sabina sentia no silêncio eram o afastamento e as acusações silenciosas dele.

Antes que ele pudesse falar e feri-la com palavras, enquanto ela jazia nua e exposta, no momento em que ele preparava um julgamento, Sabina estava preparando sua metamorfose, de modo que, qualquer que fosse a Sabina que ele atacasse, ela poderia abandonar como um disfarce, largando a personalidade da qual ele se apoderara e dizendo:

– Essa não era eu.

Então, quaisquer que fossem as palavras dirigidas à Sabina que ele possuíra, a primitiva, não poderiam atingi-la; ela já estaria a meio caminho para fora da floresta de seu desejo, a essência já bem distante, invulnerável, protegida pela fuga. O que sobrava era apenas um traje; estava empilhado no chão do quarto dele, vazio dela.

Um dia, em uma antiga cidade da América do Sul, Sabina vira ruas devastadas por um terremoto. Nada sobrara, com exceção das fachadas, como nas pinturas de Chirico, as fachadas de granito haviam sobrado com portas e janelas semidesengonçadas, abrindo-se inesperadamente, não para uma família aninhada em torno de uma lareira, mas para famílias inteiras acampadas sob o céu, protegidas dos estranhos apenas por uma parede e uma porta, mas completamente livres de paredes e telhados dos três outros lados.

Ela compreendeu que era esse espaço ilimitado, infindo, que esperava encontrar em cada quarto de amante, com o mar, as montanhas visíveis a toda a volta, o mundo excluído em um lado. Um lar sem telhado ou paredes, crescendo entre árvores; um chão no qual medrassem flores selvagens mostrando rostos sorridentes; uma coluna abrigando pássaros perdidos; templos, pirâmides e igrejas barrocas à distância.

Mas quando via quatro paredes e uma cama empurrada contra um canto como se tivesse estado voando e colidisse contra um obstáculo, Sabina não pensava como outros viajantes: "Cheguei ao meu destino e posso tirar a roupa de viagem", mas sim: "Fui capturada e devo escapar daqui, mais cedo ou mais tarde".

Nenhum lugar, nenhum ser humano poderia suportar ser olhado pelo olho crítico do absoluto, como se fosse um obstáculo à chegada a um lugar ou pessoa de maior valor criado pela imaginação. Era essa influência maligna que ela exercia em cada quarto, quando se perguntava: "Fui feita para viver aqui para sempre?". Essa era a influência maligna, a aplicação do irrevogável, a fixação infinita em um lugar ou relacionamento. Isso o envelhecia prematuramente, acelerava o processo de decadência pelo envelhecimento. Um raio químico da morte, esse concentrado de tempo, infligindo o medo do entorpecimento como um raio consumidor, deteriorando à alta velocidade de cem anos por minuto.

Nesse momento, Sabina tinha consciência de sua maldade, de um crime invisível igual ao assassinato. Essa era sua doença secreta, que ela acreditava incurável, abominável.

Tendo tocado a fonte da morte, ela voltava à sua fonte de vida; era apenas no *Pássaro de fogo* de Stravinsky que Sabina encontrava sua correta autobiografia musical. Era apenas ali que podia encontrar a Sabina perdida, sua autorrevelação.

Mesmo quando as primeiras pegadas sensuais do pássaro laranja apareceram pela primeira vez, rastos fosforescentes ao longo de florestas de magnólia, ela reconheceu suas primeiras sensações, o espalhafato adolescente da emoção, sobretudo de sua sombra, o eco dessa presença ofuscante, ainda não se atrevendo a entrar no círculo do frenesi.

Ela reconheceu as primeiras valsas-prólogos, as pinturas sobre vidro que podiam quebrar-se ao toque de mãos quentes, os halos da lua em volta de cabeças sem traços característicos, as preparações para festividades e os tambores selvagens anunciando festas da alma e dos sentidos. Reconheceu os *suspenses* carmesins, as elevações que aumentavam a pulsação, o vento que empurrava seus hieróglifos através do pescoço de cisne dos trombones.

Os fogos de artifício eram montados sobre estruturas de fios que agitavam braços amorosos, andavam na ponta dos pés sobre as línguas arroxeadas do Espírito Santo, saltavam para fora do cativeiro, asas de Mercúrio de laranja sobre tochas pontudas arremessadas ao espaço qual dardos debatendo-se por entre as nuvens, as vulvas roxas da noite.

Em muitas das noites que Sabina passava com Mambo, eles não iam a lugar algum.

Nas noites em que Sabina concordara em retornar para Alan à meia-noite, sua saída com uma amiga não seria fatal ou muito difícil de explicar; mas havia noites (quando ela queria passá-las inteiras com o amante) em que fora obrigada a dizer que estava viajando e, então, quando Mambo sugeria: "Vamos a um cinema", iniciava-se o conflito. Ela não queria responder. "Não quero que Alan me veja". Isso a fazia sentir-se como uma criança sendo vigiada, ou como uma mulher em estado de sujeição, porque fazia com que seus sentimentos para com Alan parecessem não os de uma mulher querendo ser fiel ou leal, mas os de uma adolescente que foge de casa para praticar jogos proibidos. Ela só conseguia ver Alan como uma espécie de pai que podia ficar furioso com suas mentiras e puni-la. Se mencionasse os direitos de Alan, seria forçada também a confessar a Mambo a divisão de suas afeições. Às vezes, suas mentiras pareciam-lhe a mais intrincada arte da proteção, em vez da maior das traições. Em outros dias, sentia-se tentada a confessar, mas era bloqueada por saber que, mesmo que fosse perdoada, Alan iria esperar uma mudança de vida, e isso, ela sabia, era algo que ela era impotente para obter.

À menção dos cinemas com os quais concordaria, como se isso fosse um jogo de azar que estivesse jogando, cada vez que Mambo sugeria um filme, ou um outro, ou mesmo um terceiro, ela os avaliava não tanto por suas qualidades enquanto filmes, mas de acordo com o bairro da cidade em que estavam sendo apresentados, se era ou não um filme que Alan pudesse querer ver, se estava à mão (sabendo que Alan tinha preguiça de ir aos subúrbios). Se estivesse com Alan, teria de tentar recordar-se dos filmes que Mambo tinha visto, ou daqueles que ele queria ver, e, sabendo o quanto ele era fanático por cinema, tentaria adivinhar aqueles que Mambo pudesse ver duas vezes.

No final, qual jogadora, Sabina teria de perguntar ao seu instinto.

Uma vez sentada no cinema, sua ansiedade aumentava. Alan podia ter gostado desse filme a ponto de querer vê-lo de novo, ou talvez um amigo o tivesse persuadido a fazer um esforço e ir até o subúrbio. Será que Mambo podia estar sentado na plateia enquanto ela estava com Alan, será que ele a vira passar pela coxia?

Às vezes, Sabina descartava sua ansiedade como sendo nervosismo. Outras vezes, era compelida a ir até o banheiro de mulheres bem no início, a fim de ser capaz de descer à coxia lenta e cuidadosamente, examinando a multidão por trás, antes de se instalar ao lado de Mambo ou de Alan. Isso aliviava sua ansiedade por alguns instantes, até que algum fragmento do próprio enredo do filme a despertasse de novo, se aparecesse uma mentira, uma situação falsa, uma revelação. Sobretudo se fosse uma história de espião.

Foi quando viu as vidas dos espiões que compreendeu plenamente a tensão com que vivia a cada momento, igual à deles. O medo de se comprometer, de dormir fazendo muito barulho, de falar durante o sono, de descuidar-se no timbre de voz ou no comportamento, a necessidade de fingir continuamente, de improvisações ou motivações rápidas, de rápidas justificativas para sua presença aqui ou ali.

Pareceu a Sabina que ela poderia ter oferecido seus serviços e ser de grande valia nessa profissão.

Sou uma espiã internacional na casa do amor.

Quando a ansiedade se tornava absolutamente intolerável, era transmutada em galhofa. A excitação e os riscos apareciam como um jogo extremamente temperado, de muito humor. Então, ela mudava inteiramente a postura para a de uma criança fugindo da vigilância e se divertindo com a própria ingenuidade. Então ela passava do sigilo para a necessidade de se vangloriar abertamente de suas manobras, descrevendo-as com tal divertimento que chocaria os ouvintes. Tanto a ansiedade quanto o humor tornavam-se intercambiáveis. Os fingimentos, as fugas e os artifícios pareciam-lhe, em seus estados de espírito bem-humorados, esforços alegres e galantes para proteger a todos das crueldades da existência, pelas quais ela não era responsável. O juízo e a boa ação eram empregados para tais fins justificáveis: proteger os seres humanos das verdades insuportáveis.

Mas nenhum dos que ouviam jamais compartilhou seu divertimento súbito: em seus olhares ela lia condenações. Sua gargalhada parecia um sacrilégio, um escárnio de algo que deveria ser considerado trágico. Sabina podia ver em seus olhos o desejo de que ela caísse desse trapézio incandescente no qual passeava com o auxílio de delicadas sombrinhas japonesas de papel, pois nenhum partícipe de culpa tinha o direito a tal habilidade e a viver apenas de seu poder de equilíbrio sobre os rigores da vida que ditavam uma escolha, de acordo com seus tabus em relação às múltiplas vidas. Ninguém dividiria com ela essa ironia e jocosidade contra a rigidez da própria vida; ninguém iria aplaudir quando ela fosse bem-sucedida por causa de sua engenhosidade em derrotar as limitações da vida.

Esses momentos nos quais ela atingia um pique de humor acima do pântano dos perigos, dos escorregadios brejos da culpa, eram aqueles em que todos a deixavam sozinha, não absolvida; eles pareciam estar esperando sua hora de punição, após ter vivido como uma espiã na casa de muitos amores, por ter evitado o escândalo, por ter derrotado as sentinelas que vigiavam limites definidos, por ter passado sem passaporte nem licença de um amor para outro.

A vida de todo espião sempre terminou em morte ignominiosa.

Ela estava esperando o sinal mudar na encruzilhada da cidade praiana.

O que assustou Sabina e a fez examinar o ciclista que esperava ao seu lado foi o extraordinário brilho dos grandes olhos dele. Brilhavam com uma cintilação úmida e prateada que era quase assustadora porque realçava o tumultuado pânico próximo à superfície. O prateado fundido era inquietante, como se fossem refletores ofuscantes à beira da aniquilação pela penumbra. Ela foi afetada por esse pânico, pela película transparente de trêmula pedra preciosa, prestes a ser sugada por um ciclista misterioso.

Foi somente mais tarde que ela notou o rosto delicadamente cinzelado, o nariz pequeno, a boca modelada pela suavidade, sem relação com a profunda perturbação dos olhos, a boca de um homem bem jovem, um desenho puro no rosto ainda não escravizado pelos sentimentos. Esses sentimentos, não conhecidos dele, ainda não haviam contagiado seu corpo com amargura. Seus gestos eram livres e ágeis, os gestos de um adolescente, agitados e leves. Somente os olhos continham toda a febre.

Ele conduzira a bicicleta como se fosse um avião ou carro de corrida. Vinha vindo próximo a ela, como se não estivesse vendo as árvores, os carros, as pessoas, e quase não tomou conhecimento do sinal de parar.

Para se libertar do choque que aqueles olhos lhe haviam produzido, Sabina procurou diminuir seu poder pensando: "São apenas olhos lindos, são apenas olhos ardentes, raramente os jovens têm olhos tão ardentes assim, são apenas olhos mais vivos do que outros". Mas tão logo ela disse isso a si mesma a fim de exorcizar o encanto dele, um instinto mais profundo acrescentou: "Ele viu alguma coisa que outros jovens não viram".

A luz vermelha mudou para verde; ele deu um selvagem impulso no pedal, com a mesma rapidez com que parou abruptamente e lhe perguntou o caminho para a praia, em uma voz ofegante que parecia carecer de ritmo, tão rápido que ela mal pôde pisar no freio. A voz igualava-se aos olhos, ao contrário da pele bronzeada e saudavelmente lisa.

O tom com que ele perguntou pela direção foi como se a praia fosse um abrigo para o qual estivesse indo apressado, afastando-se de graves perigos.

Não era mais bonito do que os outros jovens que ela vira ali, mas seus olhos deixavam uma lembrança, excitando nela uma selvagem rebelião contra o lugar. Com amarga ironia, Sabina recordou-se de ruínas que tinha visto na Guatemala e de um visitante americano dizendo: "Odeio ruínas, odeio dilapidação, tumbas". Mas essa nova cidade junto à praia era infinitamente mais estática e desintegrada do que as antigas ruínas. As nuvens de monotonia e uniformidade que pairavam sobre as novas e limpas mansões, os impecáveis gramados, os móveis de jardim sem pó. Os homens e mulheres na praia, todos em uma dimensão, sem qualquer magnetismo para se manterem unidos, zumbis da civilização em roupas elegantes e olhos mortos.

Por que ela estava ali? Esperando que Alan terminasse seu trabalho. Alan, que prometera ir até lá. Mas as saudades de outros lugares mantinham-na desperta.

Ela caminhou e colidiu em um aviso onde se lia: "Este é o lugar da igreja mais suntuosa de Long Island".

Ela andou. À meia-noite a cidade estava deserta. Todos estavam em casa, com garrafas de onde esperavam extrair uma alegria engarrafada em outro lugar.

É o modo de beber que se pratica em Wakes, pensou Sabina, olhando nos bares onde figuras vacilantes agarravam garrafas contendo o esquecimento.

À uma hora, ela procurou uma drogaria a fim de comprar pílulas para dormir. Estavam fechadas. Ela andou. Às duas horas, estava esgotada, mas ainda atormentada por um lugar que se recusava a dar festas na rua, danças, fogos de artifício, orgias de guitarras, marimbas, gritos de prazer, torneios de poesia e namoros.

Às três horas, ela virou em direção à praia para perguntar à lua por que permitira que uma de suas filhas da noite ficasse tão perdida em um lugar desde muito tempo privado de vida humana.

Um carro parou ao seu lado e um policial irlandês de cabelos brancos e muito alto se dirigiu a ela cortesmente:

– Posso dar-lhe uma carona até em casa?

– Eu não estava conseguindo dormir – disse Sabina. – Estava procurando uma drogaria para comprar pílulas para dormir, ou aspirina. Estão todas fechadas. Estava tentando andar até sentir sono...

– Problemas com o namorado? – disse ele, com a cabeça de cabelos grisalhos numa postura bem galante e uma retidão que não vinha de seu treinamento de policial, mas de algum orgulho mais profundo da própria retidão, como a imagem do orgulho erótico do homem.

Mas as palavras eram tão inadequadas que a inibiriam mesmo que ela quisesse confiar nele, por medo de outro comentário de adolescente retardado. Sua aparência de maturidade foi desfigurada pelas palavras grosseiras. Assim, ela disse vagamente:

– Tenho saudades de todas as cidades de praia que conheci, de Capri, Mallorca, do Sul da França, Veneza, da Riviera italiana, da América do Sul.

– Compreendo – disse ele. – Tive saudades quando cheguei a este país vindo da Irlanda.

– Há um ano eu estava dançando na praia, sob palmeiras. A música era selvagem e as ondas banhavam nossos pés enquanto dançávamos.

– Sim, eu sei. Antigamente eu era guarda-costas de um homem rico. Todos iam para os cafés do porto à noite. Era como o Dia da Independência, todas as noites. Venha, levarei você à minha casa. A mulher e os garotos estão dormindo, mas poderei dar-lhe algumas aspirinas.

Ela sentou-se ao lado dele. Ele continuou recordando-se de sua vida como guarda-costas, quando viajara por todo o mundo. O policial controlava o carro sem qualquer dissonância.

– Odeio esta cidade – disse ela com veemência.

Ele havia dirigido calmamente para perto de uma asseada casa branca e disse:

– Espere aqui – e entrou na casa.

Quando retornou, trazia um copo de água e duas aspirinas na palma da mão. Os nervos de Sabina começaram a se desemaranhar. Ela tomou obedientemente a água e as aspirinas.

Ele girou a potente lanterna elétrica em direção a um arbusto do jardim e disse:

– Olhe para isto!

Na noite, ela viu flores aveludadas com o centro negro e pintas douradas.

– Que tipo de flor é esta? – perguntou para agradá-lo.

– Rosas de Sharon – disse ele de modo reverente, com o mais puro sotaque irlandês. – Crescem apenas na Irlanda e em Long Island.

A revolta de Sabina estava diminuindo. Ela sentiu ternura pelas rosas de Sharon, pela proteção do policial, por seus esforços no sentido de encontrar um substituto para as flores tropicais, um pouco de beleza na noite presente.

– Vou dormir agora – ela disse. – Pode deixar-me no chalé Penny.

– Oh, não – disse ele, sentando-se na roda. – Nós vamos dar umas voltas perto do mar, até que você fique tão sonolenta que já não possa aguentar mais. Você sabe que não se consegue dormir até se achar alguma coisa para se sentir grato, nunca se consegue dormir quando se está com raiva.

Sabina não pôde ouvir muito distintamente as histórias longas e desconexas sobre a vida dele enquanto guarda-costas, exceto quando ele disse:

– Hoje foram dois de vocês que me criaram problema com saudades. O outro foi um jovem, membro da Força Aérea Inglesa. Aviador durante toda a guerra, tinha dezessete anos quando entrou como voluntário. Neste momento está em terra e não consegue aguentar isso. Não para quieto, anda correndo e vive infringindo as leis do trânsito. As luzes vermelhas o deixam louco. Quando percebi o que era, parei de lhe aplicar multas. Ele está acostumado aos aviões. Em terra, vira um desordeiro. Sei como se sente.

Ela sentiu as névoas do sono erguendo-se do chão, trazendo o aroma das rosas de Sharon; no céu brilhavam os olhos do aviador deslocado para a terra, ainda não acostumado às pequenas escalas, aos espaços apertados. Havia outros seres humanos tentando voos longos, com um policial gentil e tão alto como os cruzados zelando por eles com um copo de água e duas aspirinas; ela poderia dormir agora, poderia dormir, poderia encontrar sua cama com essa lanterna elétrica brilhando no buraco da fechadura, com esse carro afastando-se tão calmo e suavemente, esses cabelos brancos dizendo durma...

Sabina na cabine telefônica. Alan acabara de dizer que não poderia ir nesse dia. Sabina sentiu-se deslizando no chão e suspirando de solidão. Quis retornar a Nova York, mas ele lhe pediu que esperasse.

Havia lugares que eram como antigas tumbas nas quais um dia era um século de não existência. Ele dissera:

— Certamente você poderá esperar mais um dia. Estarei aí amanhã. Não seja irracional.

Ela não conseguiu explicar que leis perfeitas, igrejas suntuosas, cimento novo e pintura fresca podem fazer uma imensa tumba sem deuses de pedra para serem admirados, sem joias ou urnas cheias de alimento para a morte, sem hieróglifos a serem decifrados.

Os fios telefônicos carregavam apenas mensagens literais, nunca os gritos subterrâneos de angústia, de desespero. Como os telegramas, eles entregavam apenas golpes finais e finitos: chegadas, partidas, nascimentos e mortes, mas nenhum espaço para fantasias como: Long Island é uma tumba e mais um dia nela iria provocar asfixia. Aspirina, policial irlandês e rosas de Sharon eram uma cura suave demais para a asfixia.

Em terra. Pouco antes de deslizar para o chão, para o fundo da cabine telefônica, o fundo de sua solidão, Sabina viu o aviador transferido para a terra esperando a fim de usar o telefone. Quando ela saiu da cabine, ele estava de novo com a aparência angustiada, como parecia estar sempre com qualquer coisa que acontecia em tempo de paz. Mas, ao reconhecê-la, ele sorriu e disse:

– Você me indicou o caminho para a praia.

– Você achou? Gostou dela?

– Um pouco plana para o meu gosto. Gosto de rochas e palmeiras. Fiquei acostumado a elas na Índia, durante a guerra.

A guerra enquanto abstração ainda não havia penetrado na consciência de Sabina. Ela era como os comungantes que recebem a religião apenas na forma de uma hóstia na língua. A guerra enquanto hóstia colocada em sua língua diretamente pelo jovem aviador chegou de repente bem próxima a ela, e Sabina percebeu que, se ele compartilhava com ela seu desprezo pela placidez da paz, era apenas para levá-la direto ao centro infernal da guerra. Esse era o seu mundo. Quando ele disse: "Pegue sua bicicleta e eu vou mostrar uma praia melhor mais adiante..." não foi apenas para fugir das figuras da moda deitadas na praia, dos jogadores de golfe e dos percevejos humanos colados nos úmidos flancos dos bares, foi para andar de bicicleta até o seu inferno. Assim que eles começaram a passear pela praia, ele se pôs a falar:

– Estive cinco anos na guerra como artilheiro de retaguarda. Passei dois anos na Índia, estive no norte da África, dormi no deserto, caí várias vezes, fiz cerca de cem missões, vi todos os tipos de coisas... Homens morrendo, homens gritando presos dentro de aviões em chamas. Os braços carbonizados, as mãos parecendo garras de animal. Na primeira vez, fui mandado para o campo após uma queda... o cheiro de carne queimada. Era doce e enjoativo e ficava na gente durante dias. Não se consegue lavá-lo do corpo. Você não consegue livrar-se dele. Ele nos persegue. Entretanto, dávamos boas gargalhadas, gargalhadas o tempo todo. Ríamos muito. Seríamos capazes de atrair prostitutas a fim de empurrá-las para a cama dos homens que não gostavam de mulher. Tínhamos bebedeiras que duravam dias. Eu gostava dessa vida. Índia. Gostaria de voltar. Essa vida daqui, o que as pessoas falam, o que fazem, pensam, me dá tédio. Eu gostava de dormir no deserto. Vi uma mulher negra parindo... ela trabalhava nos campos carregando areia para um novo aeródromo. Parou de carregar areia para dar à luz debaixo da asa de um avião, assim mesmo, e depois enrolou a criança em alguns trapos e voltou ao trabalho. Foi engraçado ver o enorme avião, tão moderno, e aquela mulher negra seminua parindo e depois continuando a carregar areia em baldes para o campo de aviação. Sabe, da turma em que comecei apenas dois de nós voltaram com vida. No entanto, pregávamos peças. Meus companheiros sempre me advertiram: "Não fique em terra; uma vez que você seja transferido para a terra estará liquidado". Bem, eles me puseram em terra também. Havia artilheiros de retaguarda demais no serviço. Eu não queria voltar para casa. Que é a vida de civil? Boa para solteironas velhas. É rotina. É monotonia. Olhe para isto: as garotas dão risadas, riem de nada. Os rapazes estão atrás de mim. Nunca acontece nada. Eles não dão uma boa gargalhada nem gritam. Não são feridos, não morrem e tampouco riem.

Sempre alguma coisa nos olhos dele que ela não conseguia interpretar, algo que ele vira, mas sobre o qual não iria falar.

– Gosto de você porque odeia este lugar e porque não fica dando risadas – disse ele, segurando-lhe a mão, com delicadeza.

Passearam infinita e infatigavelmente pela praia, até o lugar onde não havia mais casas, nenhum jardim cuidado, nenhuma pessoa, até onde a praia se tornava selvagem e não apresentava nenhuma pegada, até onde os escombros do mar jaziam "qual museu bombardeado", disse ele.

– Estou contente por ter encontrado uma mulher que anda no meu passo – disse ele. – E que odeia o que eu odeio.

Quando voltavam para casa de bicicleta, a aparência dele era de felicidade, sua pele lisa avermelhara-se de sol e prazer. Desaparecera o ligeiro tremor de seus gestos.

Os pirilampos eram tão numerosos que voavam direto em seus rostos.

– Na América do Sul – disse Sabina –, as mulheres colocam pirilampos no cabelo, mas eles param de brilhar quando dormem, de modo que, de vez em quando, as mulheres têm de roçá-los para que fiquem acordados.

John riu.

Ele hesitou à porta do chalé onde Sabina estava hospedada. Pôde ver que era uma casa com quartos para alugar em uma jurisdição de casas de família. Ela não fez qualquer movimento, mas fixou nos dele os olhos alargados de pupilas aveludadas e os manteve, como que para dominar o pânico que havia neles.

Ele disse em um tom de voz muito baixo:

– Eu gostaria de poder ficar com você.

E então se abaixou para lhe dar um beijo fraternal, não o dando na boca.

– Você pode, se quiser.

– *Eles* me ouvirão.

– Você sabe muita coisa sobre a guerra – disse Sabina –, mas eu sei um bocado sobre a paz. Há um jeito de você entrar e eles jamais o ouvirão.

– É verdade?

Mas ele não estava tranquilo, e Sabina percebeu que apenas substituíra sua desconfiança em relação à família crítica por uma desconfiança em relação aos conhecimentos dela sobre intrigas amorosas, que a tornavam uma terrível oponente.

Ela estava em silêncio e fez um gesto de abdicação, começando a caminhar em direção à casa. Foi então que ele a agarrou e beijou quase desesperadamente fincando os dedos flexíveis e nervosos em seus ombros, em seus cabelos, agarrando-os como se estivesse se afogando por lhe segurar a cabeça contra a sua, como se ela pudesse escapar de seu agarrão.

– Deixe-me entrar com você.

– Então tire os sapatos – sussurrou ela.

Ele seguiu-a.

– Meu quarto é no primeiro andar. Ande junto comigo quando estivermos subindo a escada, os degraus rangem. Mas vai parecer que é apenas uma pessoa.

Ele sorriu.

Quando chegaram ao quarto dela e Sabina fechou a porta, ele examinou o ambiente como que para se assegurar de que não havia caído em uma armadilha inimiga.

Suas carícias eram tão delicadas que quase pareciam um ato de pentear, um desafio evanescente que Sabina receava responder porque podia desaparecer. Seus dedos penteavam-na e se retiravam quando a haviam excitado, sua boca penteava-a e depois evitava a dela, seu rosto e seu corpo chegavam bem perto, aderiam a cada membro dela e depois se afastavam para a escuridão. Ele procurava cada curva e recanto onde pudesse exercer a pressão de seu corpo quente e esbelto e, de repente, ficava parado, deixando-a em *suspense.* Quando lhe tomava a boca, afastava-se de suas mãos, quando ela respondia à pressão de suas coxas, ele parava de exercê-la. Ele não iria permitir em parte alguma uma fusão muito demorada, mas saboreava cada abraço, cada área do corpo de Sabina, para depois largá-la, como se quisesse apenas acendê-la e, então, evitar a soldagem final. Um cálido, trêmulo, ilusório e aborrecido curto-circuito dos sentidos, tão móvel e inquieto como ele estivera o dia inteiro, e ali, à noite, com a lâmpada da rua revelando a nudez dos dois, mas não os olhos dele, Sabina foi excitada a uma expectativa do gozo quase insuportável. Ele fizera do corpo um buquê de rosas de Sharon soltando pólen, cada uma delas preparada para o prazer.

Retardada durante tão longo tempo, excitada tão longamente, a posse, quando consumada, desforrou a espera com um longo, prolongado e profundo êxtase.

Com o corpo trêmulo, ela amalgamou as ansiedades dele, absorveu-lhe a pele delicada e morna, os olhos deslumbrantes.

O momento do êxtase mal terminara quando ele se afastou e murmurou:

– A vida é voar, voar.

– Isto é voar – disse Sabina.

Mas viu que o corpo dele deitado ali não mais pulsava e soube que estava sozinha em seu sentimento, que esse momento continha toda a velocidade, toda a altitude, todo o espaço que ela queria.

Quase imediatamente, ele começou a falar no escuro sobre aviões em chamas, em partir para ir descobrir os fragmentos dos sobreviventes, para deter a morte.

– Alguns morrem em silêncio – ele disse. – Você sabe pelo olhar deles que vão morrer. Alguns morrem gritando, e você tem de virar o rosto para não olhar em seus olhos. Sabe, quando eu estava sendo treinado, a primeira coisa que me disseram foi: "Jamais olhe nos olhos de um homem que está morrendo".

– Mas você olhou – disse Sabina.

– Não, não olhei, não olhei.

– Mas eu sei que você olhou. Posso vê-lo em seus olhos; você olhou, sim, nos olhos de homens que estavam morrendo, talvez na primeira vez...

Ela pôde vê-lo claramente, aos dezessete anos, ainda não homem, com a delicada pele de uma moça, as feições finamente esculpidas, o nariz pequeno e reto, a boca de mulher, a risada tímida, algo muito suave em todo o rosto e corpo, olhando nos olhos de um moribundo.

– O homem que me treinou disse para mim: "Jamais olhe nos olhos de um moribundo ou ficará louco". Você acha que sou louco? É isso que você quer dizer?

– Você não é louco. Está muito ferido e assustado e muito desesperado e acha que não tem direito algum de viver, de gozar, porque seus amigos estão mortos ou morrendo, ou ainda voando. Não é isso?

– Eu gostaria de estar ali agora, bebendo com eles, voando, vendo novos países, novos rostos, dormindo no deserto, achando que se pode morrer a qualquer instante e por isso se deve beber rapidamente, lutar duro e rir à vontade. Gostaria de estar lá agora, em vez de estar aqui, sendo ruim.

– Sendo ruim?

– Isto é ser ruim, não é? Você não pode dizer que não é, pode?

Ele deslizou para fora da cama e se vestiu. Suas palavras haviam destruído a alegria dela. Sabina cobriu-se até o queixo com o lençol e ficou deitada em silêncio.

Quando ele se aprontou, antes de juntar os sapatos, abaixou-se sobre ela e, com a voz de um jovem carinhoso que brinca de ser pai, disse:

– Você gostaria que eu a cobrisse antes de ir embora?

– Sim, sim – disse Sabina, com sua angústia dissolvendo-se –, sim – disse agradecida não pelo gesto de proteção, mas porque não a cobriria se a considerasse má aos seus olhos. *Ninguém cobre uma mulher má.* E certamente esse gesto significava que ele a veria de novo.

Ele a cobriu suavemente e com toda a destreza de um treinamento de aviador, usando a habilidade de uma longa experiência com acampamentos. Ela ficou deitada, aceitando isso, mas o que ele cobria com tanta suavidade não era uma noite de prazer, um corpo saciado, mas um corpo no qual injetara o veneno que o estava matando, a demência da fome, a culpa e a morte por procuração que o atormentavam. Injetara-lhe no corpo a própria culpa venenosa por estar vivendo e desejando. Havia misturado a peçonha a cada gota de prazer, uma gota de veneno em cada beijo; cada impulso de prazer sensual, um impulso de faca matando o que desejava, matando com culpa.

Alan chegou no dia seguinte, com seu sorriso e seu temperamento equânimes, sem qualquer mudança. Sua visão de Sabina sem qualquer mudança. Sabina esperara que ele fosse exorcizar a obsessão que a escravizara na noite anterior, mas Alan estava por demais afastado de seu caótico desespero, e sua mão estendida, seu amor estendido eram desiguais ao poder daquilo que a arrastava para baixo.

O pronunciado, o intenso momento de prazer que tomara posse de seu corpo, e o pronunciado e intenso veneno nele amalgamado.

Ela queria resgatar John de uma distorção que, sabia, levava à loucura. Queria provar-lhe que essa culpa era uma distorção, que sua visão dela e do desejo como algo ruim e de sua fome como sendo má eram uma doença.

O pânico, a fome e o terror dos olhos dele haviam passado para ela. Ela desejou nunca ter olhado em seus olhos. Sentiu uma necessidade desesperada de abolir a culpa dele, a necessidade de salvá-lo porque, por uma razão que não conseguia sondar, mergulhara com ele na culpa; tinha de salvá-lo e a si própria. Ele a envenenara, transmitira-lhe sua perdição. Sabina ficaria louca junto com ele se não conseguisse salvá-lo e lhe alterar a visão.

Se ele não a tivesse coberto, ela poderia ter-se rebelado contra ele, odiado ele, odiado sua cegueira. Mas esse gesto de ternura abolira todas as defesas: ele estava cego por engano, amedrontado e suave, cruel e perdido, e ela sentia tudo isso com ele, por ele, apesar dele.

Ela não conseguia nem mesmo zombar de sua obsessão pelo voo. Seus aviões não eram diferentes dos relacionamentos dela, nos quais ela procurava outros países, rostos estranhos, o esquecimento, o desconhecido, a fantasia e o conto de fadas.

Ela não conseguia zombar de sua rebelião contra o fato de estar em terra. Compreendia isso, experimentava-o a cada vez que, ferida, corria de volta para Alan. Se ao menos ele não a tivesse coberto, não como mulher má, mas sim como criança, uma criança em um mundo terrível e confuso. Se ao menos ele tivesse saído brutalmente, projetando sua vergonha sobre ela, como tão frequentemente as mulheres suportam o ímpeto da vergonha dos homens, a vergonha lançada nelas em lugar de pedras, por seduzir e tentar. Então, ela poderia tê-lo odiado e esquecido, mas, como ele a cobrira, voltaria. Ele não havia lançado sua vergonha em cima dela, não havia dito: "Você é má". Ninguém cobre uma mulher má.

Mas quando se encontraram acidentalmente e ele a viu caminhando ao lado de Alan, nesse momento, no olhar que lançou a ela, Sabina viu que ele tivera êxito em desviar a vergonha, e que o que achava agora era: "*Você é* uma mulher má", e que jamais voltaria para ela. Ficava apenas o veneno sem esperança de antídoto.

Alan foi embora, Sabina ficou com a esperança de rever John. Procurou-o em vão em bares, restaurantes, cinemas e na praia. Perguntou no lugar onde alugara a bicicleta: não o haviam visto, mas ele ainda continuava com a bicicleta.

Desesperada, ela perguntou na casa onde ele alugara um quarto. O cômodo estava pago por mais uma semana, mas havia três dias que ele não aparecia por lá e a mulher estava preocupada porque o pai de John andava telefonando todos os dias.

Na última vez em que ele havia sido visto, fora no bar, com um grupo de estranhos que partiram de carro com ele.

Sabina achou que deveria retornar a Nova York e esquecê-lo, mas o rosto ansioso de John e a angústia em seus olhos fizeram com que esse ato parecesse uma deserção.

Em outros momentos, o prazer que ele lhe tinha dado acendia seu corpo, qual mercúrio cálido e fluente correndo através de veias. A lembrança disso flutuava nas ondas quando ela nadava, e as ondas se pareciam com as mãos dele ou com a forma de seu corpo nas mãos de Sabina.

Ela fugia das ondas e das mãos dele. Mas, quando estava deitada na areia quente, era novamente em cima de seu corpo que ela estava deitada; eram sua pele seca e seus movimentos rápidos e evasivos deslizando por entre seus dedos, correndo entre seus seios. Ela fugia da areia das carícias dele.

Mas quando voltava de bicicleta para casa, estava correndo com ele, ouvia seus desafios joviais, mais rápido, mais rápido, mais rápido ao vento, o rosto dele a perseguia enlevado, ou ela perseguia seu rosto.

Nessa noite, ela levantou o rosto para a lua, e o gesto despertou a dor porque, para receber o beijo dele, Sabina tivera de levantar o rosto desse jeito, mas com a ajuda de ambas as mãos dele. Sua boca abriu-se para receber o beijo dele mais uma vez, mas cerrou-se no vazio. Ela quase gritou de dor, gritou para a lua, a surda e impassível deusa do desejo brilhando zombeteiramente em uma noite vazia, uma cama vazia.

Decidiu passar mais uma vez pela casa dele, embora fosse tarde, embora receasse ver mais uma vez a vazia face inerte de sua janela.

A janela estava acesa e aberta.

Sabina parou debaixo dela e sussurrou seu nome. Estava escondida em um arbusto. Receava que alguma outra pessoa da casa pudesse ouvi-la. Receava os olhos do mundo voltados para uma mulher postada debaixo da janela de um jovem.

– John! John!

Ele debruçou-se para fora da janela, com os cabelos desgrenhados, e, mesmo ao luar, ela pôde ver que seu rosto estava ardendo e que seus olhos tinham uma expressão confusa.

– Quem está aí? – perguntou ele, sempre com um tom de voz de homem em guerra, receando uma emboscada.

– Sabina. Eu só queria saber... você está bem?

Claro que estou bem. Estive no hospital.

– No hospital?

Foi só um ataque de malária.

– Malária?

– Tenho isso quando bebo demais...

– Posso vê-lo amanhã?

Ele sorriu suavemente:

– Meu pai está vindo para ficar comigo.

– Nesse caso, não vamos poder nos ver. É melhor que eu volte para Nova York.

– Telefonarei para você quando voltar.

– Você não vai descer para me dar um beijo de boa noite?

Ele hesitou:

– Eles me ouvirão. Vão contar para meu pai.

– Adeus, boa noite...

– Adeus – disse ele, afastado, alegremente.

Mas ela não conseguiu ir embora de Long Island. Era como se ele tivesse lançado uma rede em volta dela por intermédio do prazer que ela esperava de novo, da criação dele de uma Sabina que ela queria extinguir, de um veneno contra o qual só ele tinha a cura, de uma culpa mútua que somente um ato de amor poderia transmutar em alguma outra coisa diferente do encontro de uma noite com um estranho.

A lua zombava dela, enquanto Sabina caminhava de volta à cama vazia. O largo sorriso da lua que Sabina nunca antes havia notado, como nunca antes notara seu escárnio dessa busca de amor que ela influenciava. *Eu compreendo a loucura dele, por que ele foge de mim? Sinto-me próxima dele, por que ele não se sente próximo de mim, por que não vê a semelhança que existe entre nós dois, entre nossas loucuras? Quero o impossível, quero voar todo o tempo, eu destruo a vida comum, corro em direção a todos os perigos do amor, assim como ele corria para todos os perigos da guerra. Ele foge, para ele a guerra é menos terrível do que a vida...*

John e a lua deixaram essa loucura não exorcizada. Nenhum vestígio disso se revelava, a não ser nos momentos em que ela era sarcástica:

— Você não está interessado nas notícias da guerra, não lê os jornais?

— Eu *conheço* a guerra, sei tudo sobre a guerra.

— Você nunca parece muito próximo disso.

(Eu dormia com a guerra, antigamente todas as noites a guerra era minha amante. Tenho profundos ferimentos de guerra em meu corpo, como você nunca teve, uma proeza militar pela qual jamais serei condecorado!)

Nas múltiplas peregrinações de amor, Sabina era ágil em reconhecer os ecos dos desejos e amores maiores. Os grandes amores, especialmente se não tivessem tido morte natural, jamais morriam por completo e deixavam reverberações. Uma vez interrompidos, rompidos de maneira artificial, sufocados acidentalmente, eles continuavam a existir em fragmentos separados e infinitos ecos menores.

Uma vaga semelhança física, uma boca quase similar, uma voz levemente parecida, alguma partícula do caráter de Philip, ou de John, emigrariam para um outro que ela reconhecia de imediato em uma multidão, em uma festa, pela ressonância erótica que despertava.

A princípio, os ecos trespassavam a misteriosa instrumentação dos sentidos que retinham sensações, assim como os instrumentos retêm um som depois de tocado. O corpo continuava vulnerável a certas reproduções, muito tempo depois de a mente acreditar que tenha havido uma separação clara, final.

O desenho semelhante de uma boca era suficiente para retransmitir a corrente de sensações interrompidas, para recriar um contato por meio da receptividade passada, qual canal que conduz perfeitamente apenas parte do êxtase anterior através do canal dos sentidos, incitando vibrações e sensibilidades outrora despertadas por um amor total ou um total desejo por toda personalidade.

Os sentidos criavam leitos de rio de respostas, formados em parte pelos sedimentos, pelo desperdício, o alagamento da experiência original. Uma semelhança parcial poderia excitar o que restara do amor extirpado de maneira imperfeita, que não morreu de morte natural.

Tudo que tivesse sido arrancado do corpo, assim como da terra, extirpado violentamente, cortado, deixava debaixo da superfície raízes muito ilusórias, muito vivas, todas prontas para medrar de novo sob uma associação artificial, por meio de um enxerto de sensações, dando nova vida a esse transplante de memória.

Da perda de John, Sabina reteve tal vibração musical abaixo da visibilidade que a tornou insensível a homens totalmente diferentes de John e a preparou para uma continuação de seu desejo interrompido por John.

Quando viu o corpo delgado de Donald, o mesmo nariz pequeno e a mesma cabeça sustentada em um pescoço alto, o eco das antigas emoções violentas foi forte o bastante para se parecer a um novo desejo.

Ela não observou as diferenças, que a pele de Donald era ainda mais transparente, seu cabelo, mais sedoso, que ele não pulava, mas deslizava, arrastando um pouco os pés, que sua voz era passiva, indolente, ligeiramente lamurienta.

A princípio, Sabina pensou que ele estivesse brincando suavemente com suas paródias dos gestos frívolos das mulheres, com um sorriso tão deliberadamente sedutor que imitava os encantos involutivos da corola.

Ela sorria com indulgência quando ele estava deitado no sofá preparando um arranjo floral de membros, cabeça, mãos, como que para sugerir um banquete carnal.

Ela ria quando ele arrastava suas frases, ou quando agia com súbita e exagerada severidade como as crianças fazem ao brincar de imitar as absurdas arrogâncias do pai, ou as transpirações de charme da mãe.

Quando Sabina atravessava a rua, alimentava-se com o sorriso galante do policial que lhe parara o trânsito, rejeitava o desejo do homem que lhe empurrava a porta giratória, captava o brilho de adoração do empregado da drogaria: "Você é atriz?". Pegava o buquê do vendedor que lhe experimentava sapatos: "Você é bailarina?". Quando estava sentada no ônibus, recebia os raios de sol como visita pessoal, íntima. Sentia uma conivência bem-humorada com o motorista de caminhão que tinha de pisar violentamente no freio diante de suas travessias impulsivas e que o fazia sorrindo, porque era Sabina, e ele ficava contente por vê-la cruzando sua visão.

Mas ela considerava esse alimento feminino como pólen. Para seu divertimento, Donald, caminhando ao seu lado, supunha que esses oferecimentos eram dirigidos a ele.

Ele passava segundo ela acreditava, de uma paródia a outra: o pomposo policial, para quem ele enchia os pulmões de ar, as sinuosidades da mulher que caminhava à frente deles, para quem ele meneava as cadeiras.

Sabina continuava rindo, perguntando-se quando iriam terminar as charadas e aparecer o verdadeiro Donald.

Nesse momento, diante dela na mesa do restaurante, ele estava fazendo o pedido com a exagerada tirania de um executivo, ou ostentando um ar formal para a balconista, como um político com pouco tempo para o charme. Ele ridicularizava as mulheres em seus ciclos de irracionalidade periódica com a reprodução exata dos caprichos e contrariedades, e fazia ácidos comentários sobre os pontos fracos da moda, com uma perícia perfeita da qual Sabina carecia. Ele, miniaturizando os seus minúsculos interesses, a fazia duvidar da sua própria feminilidade. Seu amor por rosas pequenas e delicadas, pela ourivesaria filigranada parecia mais feminino do que os bárbaros colares pesados que ela usava e sua aversão às flores pequenas e ao azul-pastel do quarto de criança.

Ela acreditava que a qualquer momento essa brincadeira fosse cessar, que ele fosse ficar mais ereto e rir com ela dos próprios absurdos de vestuário, a camisa da cor do vestido dela, o relógio barroco, a carteira de mulher, ou a mecha de cabelo pintada de cinza-prateado em sua cabeça de jovem, de um dourado luxuriante.

Mas ele continuava a simular profissões zombeteiras, para zombar de todas elas. Sobretudo, ele possuía a mais minuciosa enciclopédia das falhas de mulheres. Nessa galeria, ele evitara com todo o cuidado Joana D'Arc e outras heroínas, madame Curie e outras mulheres da ciência, as Florences Nightingale, as Amelias Earhart, as cirurgiãs, as terapeutas, as artistas, as esposas colaboradoras. Suas figuras de cera das mulheres eram um concentrado infinito de puerilidade e traições.

– Onde você encontrou todas essas mulheres repulsivas? – perguntou ela um dia e, então, de repente, não pôde mais rir: a caricatura era uma forma de ódio.

A maior traição dele residia em sua suavidade. Sua submissão e sua suavidade embalavam os outros, enquanto ele coletava material para futuras sátiras. Seu olhar sempre vinha de baixo, como se ele ainda estivesse olhando para as figuras monumentais dos pais de um ponto de vista de criança. Esses imensos tiranos só poderiam ser minados com a mais sutil das paródias: a mãe, sua mãe, com sua lufada de plumagens e peles, sempre preocupada com pessoas de nenhuma importância, enquanto ele chorava de solidão e lutava sozinho com os íncubos dos pesadelos.

Ela dançava, flertava, lamentava-se, rodopiava sem devoção para as tristezas dele. Sua voz carinhosa continha todas as contradições atormentadoras: a voz lia contos de fada para ele e, quando ele acreditava nesses contos e procedia a moldar sua vida de acordo com eles, a mesma voz dava um banho ácido em todos os seus desejos, anseios, vontades, e distribuía palavras piores que uma bofetada, uma porta fechada ou um jantar sem sobremesa.

E assim, hoje em dia, com Sabina caminhando ao seu lado e acreditando poder destruir a mãe corrosiva através da interpretação de seu oposto, através da plena atenção aos desejos secretos dele, não dançando com outros, não flertando, jamais se lamentando, enfocando sobre ele todo o holofote do seu coração, os olhos dele não a viam sozinha, mas sim Sabina e uma terceira mulher sempre presente em um triângulo perpétuo, um *ménage-à-trois,* no qual frequentemente a figura da mãe se situava entre eles, interceptando o amor que Sabina desejava, traduzindo suas mensagens a Donald em termos de repetições de antigos desapontamentos, antigas traições, todos os pecados da mãe contra ele.

Ele ajoelhava-se aos pés dela para refazer o laço desfeito das sandálias, ato esse que cumpria com a delicadeza não de um homem enamorado, mas de uma criança aos pés de uma estátua, de uma criança com as atenções dirigidas a uma mulher que se veste, adornando-a, mas sem querê-la para si. Levando a cabo essas adulações, ele satisfazia um amor secreto ao cetim, às plumagens, à bijuteria, ao adorno, e isso era uma carícia, não nos pés de Sabina, mas na periferia de tudo aquilo que ele poderia acariciar sem quebrar o derradeiro tabu: tocar o corpo de sua mãe.

Tocar a seda que a envolvia, o cabelo proveniente dela, as flores que usava.

De repente, o rosto que estivera inclinado durante a tarefa levantava-se para ela com a expressão de um cego que subitamente recuperasse a visão. Ele explicava:

– Sabina! Senti um choque por todo o meu corpo enquanto amarrava suas sandálias. Foi como um choque elétrico.

E depois, com a mesma rapidez, seu rosto nublava-se com a reprimida luz das emoções filtradas e ele retornava à sua zona neutra: um certo conhecimento ancestral, pré-humano, refinado da mulher, indireto, envolvente, mas sem qualquer traço de passagem para uma penetração erótica. Roçadas, radiações sedosas, reverências de olhos solitários, posse de um pequeno dedo, de uma manga, jamais a mão cheia sobre um ombro desnudo, mas sim um rápido movimento de toque, pequenas ondas e riachos de delicada fragrância, isso era tudo que fluía dele para ela.

O choque elétrico afundava abaixo de sua consciência.

Tocando o desnudo pé de Sabina, ele sentira uma união que se assemelhava à primeira união do mundo, união com a natureza, união com a mãe, lembranças ancestrais de uma existência dentro da seda, calor e facilidade de um grande amor. Ao lhe tocar o pé, aniquilava-se esse deserto vazio que havia entre ele e outros seres humanos, cheio de todas as plantas de defesa, das variedades de cactos de repelentes emocionais, crescendo impenetráveis entre ele e outros jovens, mesmo quando jaziam corpo a corpo. Houve atos sensuais nos quais ele não sentira esse súbito fluir junto que ocorrera entre suas mãos e os pés desnudos de Sabina, entre o coração dela e o âmago de si mesmo. Esse coração de Sabina que ele imaginava equipado com a panóplia do abrigo e âmago de si mesmo que ele nunca antes sentira, exceto como a estrutura de cristal de seu corpo jovem, que na presença de Sabina, ele sabia, era descoberto para ser suave e vulnerável.

Tornou-se consciente de uma só vez de todas as suas fragilidades, de sua dependência, sua necessidade. Quanto mais perto ela chegava, seu rosto ficando maior enquanto se inclinava sobre ele, seus olhos ficando mais brilhantes e ardentes, cada vez mais perto, dissolviam-se as hostilidades dele.

Era terrivelmente doce ficar nu na presença dela. Como em todos os climas tropicais do amor, a pele dele suavizava-se, o cabelo ficava mais sedoso em sua pele, os nervos desenredavam-se de suas pronunciadas contorções de arame. Cessavam todas as tensões das simulações. Ele sentia-se ficando menor, de volta ao tamanho natural, como nos contos de magia, encolhendo de modo indolor a fim de entrar nesse refúgio do coração dela, abandonando os esforços em busca da maturidade. Mas com isso vinham todos os correspondentes estados de espírito da infância: o angustiante desamparo, o abandono prematuro, a agonia de estar à completa mercê dos outros.

Era necessário deter essa invasão do calor dela, que entorpecia sua vontade, a integridade de sua raiva, deter essa dissolução e esse fluir de um ser a outro que um dia já haviam ocorrido entre sua mãe e ele, para depois serem violentamente quebrados com o maior choque e a maior dor pelas frivolidades e leviandades dela. Era necessário destruir esse calor fluido no qual ele se sentia absorvido, afogando-se como que dentro do próprio mar. O corpo dela, um cálice, um cibório, um nicho de sombras. Seu vestido cinza de algodão dobrando-se qual acordeom em volta de seus pés, com a dourada poeira do segredo entre cada regato de tecido, uma viagem de infinitas voltas na qual a masculinidade dele seria agarrada, capturada.

Deixou cair o pé desnudo dela e se levantou, rígido. Recomeçou por onde havia parado, reassumiu as charadas de adolescente. Sua suavidade transformou-se em hesitação, a mão que estendeu para pegar a capa dos ombros de Sabina parecia como que separada do resto do corpo.

Ele ocupou-se em segui-la, carregando-lhe a capa. Excitou-a com palavras, sentou-se na maior proximidade, à sombra dela, sempre próximo o bastante para se aquecer no calor que o corpo de Sabina emanava, sempre ao alcance da mão dela, sempre com a camisa aberta no pescoço num desafio indireto às suas mãos, mas com a boca em movimento. Ostentando em volta da cintura os cintos mais singulares de modo que os olhos dela lhe admirassem a cintura, mas com o corpo em movimento.

Esse desenho no espaço era uma continuação da maneira como John a acariciava, o eco de seus tormentos. A torturante noite passada na procura das fontes de prazer, mas evitando todos os possíveis perigos de soldar seus corpos em qualquer coisa que se assemelhasse a um casamento. Isso despertava em Sabina um suspense similar, todos os nervos eróticos despertados lançando faíscas fúteis e desperdiçadas ao espaço.

– Você está triste, Sabina – disse ele. – Venha comigo, tenho algumas coisas a lhe mostrar.

Como que se erguendo com ela nesse giroscópio de fantasia, levou-a para visitar sua coleção de gaiolas vazias.

Seu quarto estava abarrotado de gaiolas, algumas de bambu das Filipinas, algumas douradas, trabalhadas com intrincados desenhos da Pérsia, outras pontudas como tendas, outras parecidas com casas de adobe em miniatura, outras qual choupanas africanas de folhas de palmeira. Em algumas das gaiolas ele mesmo acrescentara torres, torreões da Idade Média, trapézios e escadas barrocas, banheiras feitas de espelhos e uma selva completa em miniatura, suficiente para dar a essas prisões a ilusão de liberdade, a qualquer pássaro mecânico ou selvagem nelas aprisionado.

– Prefiro as gaiolas vazias, Sabina, até encontrar um pássaro singular que um dia vi em sonho.

Sabina pôs o *Pássaro de fogo* na vitrola. Os delicados passos do *Pássaro de fogo* eram ouvidos a princípio através de infinita distância, cada passo provocando faíscas fosforescentes na terra, cada nota, um clarim dourado para deleite do marechal. Uma selva de caudas de dragão agitando-se em escárnios eróticos, um braseiro de oradores defumando carne, os múltiplos escombros das fontes de desejo de vidros coloridos.

Ela levantou a agulha, cortando a música asperamente no ar.

– Por quê? Por quê? Por quê? – gritou Donald, como se tivesse sido ferido.

Sabina silenciara os pássaros de fogo do desejo e agora estendia os braços qual asas abertas em toda a extensão, asas não mais alaranjadas, e Donald se entregou ao seu abraço protetor. A Sabina que ele abraçou era aquela de que necessitava, a despensa de alimento, de promessas cumpridas, de remendos e trabalhos de tricô, confortos e consolos, de cobertores e confiança restabelecida, de aquecedores, medicamentos, poções e cadafalsos.

– Sabina, você é o pássaro de fogo, e é por isso que todas as minhas gaiolas estavam vazias até você chegar. Era você que eu queria capturar. – Então, com suave e frustrada ternura, ele abaixou as pálpebras e acrescentou: – Sei que não tenho como mantê-la aqui, nada com que detê-la...

Os seios de Sabina já não estavam mais eriçados com o fogo, eram os seios da mãe, de onde fluía o alimento. Ela desertou dos outros amores para realizar as necessidades de Donald. Pensou: "Sou uma mulher, sou ardente, carinhosa e alimento. Sou fértil e boa".

Tal serenidade veio com esse estado de, sendo mulher, ser mãe! A tarefa servil e humilde de desempenhar o papel de mãe, como Sabina conhecera a própria mãe na infância.

Quando ela achava bilhetinhos apressados e caóticos de Donald dizendo-lhe onde se encontrava e quando regressaria, ele sempre os concluía dizendo: "Você é maravilhosa. Você é maravilhosa e boa. E generosa e gentil".

E essas palavras lhe acalmavam a ansiedade mais do que a realização sensual, acalmavam-lhe as febres. Ela estava largando outras Sabinas, acreditando que largava a ansiedade. A cada dia, as cores de seus vestidos tornavam-se mais brandas, seu caminhar, menos animal. Era como se no cativeiro sua lustrosa plumagem estivesse perdendo o brilho. Ela sentiu a metamorfose. Sabia que estava na muda. Mas não sabia o que perdia nesse processo de mudança de penas segundo as necessidades de Donald.

Uma vez, ao subir a escadaria da casa dele com uma bolsa de supermercado cheia, ela viu a própria silhueta embaçada em um espelho úmido e se assustou ao perceber uma grande semelhança com sua mãe.

O que Donald obtivera capturando-a como pássaro de fogo em sua rede de fantasia (enquanto, na ausência do clima erótico, ele sutilmente lhe deslustrou a plumagem) fora não apenas atingir a realização da própria necessidade, mas também capacitá-la a reencontrar a imagem da própria mãe, que era sua imagem de bondade: sua mãe, despensa de alimento, de consolo, terna, cálida e fértil.

No espelho colorido estavam a sombra e o eco de sua mãe, carregando comida. Vestindo as roupas de tons neutros da autoanulação, os trajes murchos do autossacrifício, o uniforme externo da bondade.

No reino dele, no reino de sua mãe, ela encontrara uma cessação momentânea da culpa.

Agora ela sabia o que devia dizer a Donald para lhe curar a sensação de pequenez e a pequenez do que ele lhe dera. Diria a ele:

– Donald! Donald! Você me deu algo que ninguém mais poderia me dar, você me deu a minha inocência! Ajudou-me a reencontrar a maneira de recuperar a paz que conheci quando criança. Quando eu era criança, apenas um pouco mais jovem do que você é agora, após dias entorpecendo-me com leitura, ouvindo música, com fantasias sobre as pessoas, com namoros apaixonados, com dias escondendo-me de meus pais, com fugas e com todas as atividades que eram chamadas de más, descobri que, ajudando minha mãe a cozinhar, a remendar, a limpar, a esfregar e fazendo todos os trabalhos domésticos que mais odiava podia saciar essa faminta e tirânica consciência. Não é nenhum crime o fato de você ter permanecido criança, Donald. Como você sabe, em alguns dos antigos contos de fadas, muitos personagens adultos eram diminuídos ao tamanho de anões, como Alice, que foi tornada pequena de novo para revivenciar sua infância. É o resto de nós que é embusteiro; todos nós fingimos ser grandes e fortes. Você simplesmente não é capaz de fingir.

Quando entrou no quarto dele, encontrou uma carta em cima da mesa.

Um dia, quando o estado de espírito dele estivera contraditório demais, ela lhe dissera:

– A adolescência é como um cacto.

E ele respondera:

– Um dia vou escrever-lhe uma carta, com leite de cacto!

E ali estava!

Carta a uma atriz:

"Pelo que me disse na noite passada, vejo que você não conhece o próprio poder. Você é como uma pessoa que se consome amando e dando, e que não conhece os milagres que isso faz. Notei isso ontem à noite, enquanto via você representar Cinderela, que você era tudo que representava, que você atingiu esse ponto em que a arte e a vida se encontram e em que há apenas o SER. Senti sua fome e seus sonhos, suas penas e seus desejos, ao mesmo tempo em que você despertava todos os meus. Achei que você não estava representando, mas sonhando; senti que todos nós que a víamos poderíamos sair do teatro e, sem transição, passar magicamente para outra terra, outra nevasca, outro amor, outro sonho. Diante dos nossos próprios olhos, você estava sendo consumida pelo amor e pelo sonho do amor. O incêndio de seus olhos, de seus gestos, uma fogueira de fé e dissolução. Você tem o poder. Nunca mais use a palavra exibicionismo. Em você, representar é uma revelação. Você consegue dizer o que, frequentemente, a alma não pode dizer através do corpo, porque o corpo não é suficientemente sutil. Geralmente o corpo trai a alma. Você tem o poder do contágio, de transmitir a emoção através das infinitas variações dos movimentos, das variações do desenho da boca, das leves palpitações das pálpebras. E sua voz, sua voz encadeada à sua respiração como nenhuma outra, o arquejo do sentimento, de modo que tira a respiração da pessoa e a leva consigo ao reino do arquejo e do silêncio. Sabina, você tem tanto poder! A dor que você sentiu depois não foi a dor do fracasso ou do exibicionismo, como você mesma disse, deve ser a dor de ter revelado tanta coisa que era do espírito, semelhante a uma grande revelação mística de compaixão, de amor e ilusão secreta, de tal modo que esperava ter comunicado isso aos outros e que eles respondessem como em um ritual mágico. Deve ter sido um choque o fato de isso não ter acontecido com a plateia, quando eles continuaram sem transformação. Mas, para aqueles que, como eu, respondem, você aparece como algo além do ator, que consegue transmitir aos outros o poder de sentir, de acreditar. Para mim, o milagre ocorreu. Você parecia ser a única com vida entre os atores. O que a feriu foi que aquilo não era uma representação e que, quando terminou, houve uma ruptura no sonho. Você deveria ter sido protegida da violenta transição. Deveria ter sido levada do palco, de modo a não sentir a mudança de nível, do palco à rua, e da rua à sua casa, e dali para outro lugar, outro amor, outra nevasca, outro par de sapatos dourados.

"Deve ser preciso uma grande coragem para dar a muitos o que, frequentemente, se dá apenas ao ser amado. Uma voz alterada pelo amor, pelo desejo, o sorriso de uma ternura aberta, desnuda. Nos foi permitido testemunhar a exposição de todos os sentimentos, ternura, raiva, fraqueza, abandono, criancice, medo, tudo que geralmente revelamos apenas à pessoa amada. É por isso que amamos as atrizes. Elas nos dão o ser íntimo que só é revelado no ato de amor. Nós recebemos todos os tesouros, um gesto íntimo, um olhar de carinho, os tons secretos da voz. Essa abertura, que se fecha de novo assim que nos defrontamos com um relacionamento parcial, aquele que só compreende uma parte de nós, é a abertura milagrosa que ocorre em todo amor. E assim testemunhei no palco esse mistério do amor total que, em minha vida, está escondido de mim. E agora, Sabina, não posso suportar os pequenos amores e, ainda assim, não posso reivindicar todo o seu, e cada dia a vejo agora imensa, completa, e eu nada mais que um fragmento, perambulando..."

Sabina tocou a carta que repousava em seu colo, os cortantes cantos das páginas ferindo-a um pouco... "Que posso lhe dar?", perguntava ele. "Que tenho para lhe dar?", gritava ele com angústia, pensando que essa era a razão pela qual não a vira durante três dias nem tivera notícias dela. Numa outra feita, ele dissera alegremente:

– Só posso mordiscar pequenos pedaços de você – e pressionou os dentes pequenos e perfeitos no ombro de Sabina.

A ascensão dos bailarinos ao espaço e sua volta ao chão trouxeram diante dos olhos dela um guarda-chuva japonês feito de papel colorido que antes ela usara no cabelo. Era encantador de se ver, de tão delicado que era feito. Quando chovia e os outros abriam seus guarda-chuvas, então era hora de Sabina fechar o seu.

Mas um vento violento dilacerara o guarda-chuva e, quando ela foi a Chinatown para comprar um outro, a mulher que gerenciava a loja gritou com violência:

– Esse foi feito no Japão, jogue-o na sarjeta!

Sabina olhara para a sombrinha, inocente e frágil, feita em um momento de paz por um trabalhador que sonhava com a paz, feita qual uma flor, mais leve do que a guerra e o ódio. Ela saiu da loja, baixou os olhos para a sarjeta e não conseguiu forçar-se a atirar a sombrinha nele. Dobrou-a cuidadosamente, dobrou jardins suaves, a frágil estrutura de sonho, o sonho de paz de um trabalhador, música inocente, inocente trabalhador cujas mãos não haviam feito balas. Em tempo de guerra, o ódio confundia todos os valores, o ódio caía sobre as catedrais, sobre as pinturas, a música, os livros raros, as crianças, sobre o transeunte inocente.

Dobrou a carta da mesma forma que havia dobrado a sombrinha, sem qualquer sinal de ódio ou violência. Não conseguiria acompanhar os passos da raiva que palpitava no mundo. Estava ocupada com um ciclo menor, o oposto ao da guerra. Havia algumas verdades que haviam sido dadas às mulheres para que as protegessem enquanto os homens iam à guerra. Quando tudo explodisse, uma sombrinha de papel ergueria a cabeça por entre os escombros e se recordaria um homem de paz e ternura.

Alan sempre acreditou que estivesse dando prazer a Sabina quando a levava ao teatro e, a princípio, o rosto dela sempre se iluminava com suspense e curiosidade. Mas, inevitavelmente, ela ficava inquieta e tumultuada, caótica e perturbada; ela chegava até mesmo a chorar calmamente no escuro e desaparecer entre os atos, como que para não expor um rosto desolado.

– Que é isso, que é isso? – repetia Alan com paciência, suspeitando que ela sentisse inveja ou ciúme dos papéis dados a outros. – Você poderia ser a atriz mais maravilhosa de nossa época, se quisesse entregar toda sua vida a isso, mas você sabe o que sente em relação à disciplina e à monotonia.

– Não é isso, não, não é isso – e Sabina não dizia mais nada.

A quem poderia ela explicar que o que invejava neles era a facilidade com que se desembaraçavam de seus papéis, lavando-se e despindo-se deles após a peça e retornando às suas verdadeiras personalidades? Sabina teria gostado que as metamorfoses de sua personalidade ocorressem no palco, de tal modo que, a determinado sinal, soubesse com certeza que haviam terminado e pudesse por fim retornar a uma Sabina permanentemente imutável.

Mas quando queria terminar um papel, tornar-se ela própria de novo, a outra se sentia imensamente traída, e não apenas lutava contra a alteração, como também ficava furiosa com ela. Quando um papel se estabelecia em um relacionamento, era quase impossível alterá-lo. E mesmo que fosse bem-sucedida, quando chegava o momento de retornar à verdadeira Sabina, onde estava ela? Caso se rebelasse contra o papel com relação a Donald, se colocasse de novo o disco do *Pássaro de fogo,* o tambor dos sentidos, as línguas de fogo, e negasse sua mãe dentro de si, estaria então retornando à verdadeira Sabina?

Quando recolocava a agulha sobre o disco e se dirigia ao primeiro encontro com o desejo, não seria então seu pai caminhando dentro dela, dirigindo-lhe os passos? Seu pai que, tendo-se alimentado com a saborosa comida de sua mãe, tendo-se vestido com a camisa que ela passara, tendo-lhe beijado a testa feia e suada pelo calor do ferro, tendo permitido que suas mãos arruinadas dessem o nó na gravata, deixava Sabina e sua mãe para seu orgulhoso passeio pelas ruas da vizinhança, onde era conhecido por sua beleza e suas caminhadas?

Quantas e quantas vezes uma mulher bonita, perfumada e pintada não a havia parado na rua para beijá-la, acariciar seus longos cabelos e dizer:

— Você é Sabina! É a filha dele! Conheço seu pai *tão* bem.

Não eram as palavras, era o olhar de intimidade, era o tom de alcova que a assustava. Esse conhecimento de seu pai sempre provocava nos olhos das mulheres uma faísca que não havia antes, uma insinuação de prazeres secretos. Mesmo quando criança, Sabina conseguia interpretar-lhes as mensagens. Sabina era a filha do prazer, nascida do gênio amoroso dele, e elas a acariciavam como outra manifestação de um ritual que ela sentia e do qual sua mãe fora afastada para sempre.

"Conheci seu pai tão bem"! Sempre as mulheres bonitas curvando-se sobre ela, detestáveis, com um perfume que, cheirando, ninguém conseguiria resistir, com anáguas engomadas e tornozelos provocadores. Ela gostaria de ter punido o pai por todas essas humilhações, por suas profanações dos passeios nas múltiplas noites de verão, que davam a essas mulheres o direito de admirá-la como outra das mulheres dele. Sabina ficava furiosa também com a mãe, por não ficar furiosa, por prepará-lo e vesti-lo para essas intrusas.

Estaria Sabina indo agora em direção aos seus próprios rituais de prazer, ou seria o pai dentro dela, o sangue dele guiando-a em direção à amorosidade, ditando-lhe as intrigas, ele que estava inexoravelmente entrelaçado com ela pelos fios da herança, os quais ela nunca mais poderia separar de novo para saber qual era Sabina, qual era seu pai cujo papel ela assumira através da alquimia do amor mimético?

Onde se encontrava Sabina?

Ela olhava para o céu e via o rosto de John correndo nas nuvens perseguidas, seu charme desaparecendo gradualmente qual fumaça de piras celestiais; via o suave brilho noturno dos olhos de Mambo dizendo: "Você não me ama", enquanto caía sobre ela; e Philip rindo um riso de conquistador, caindo sobre ela, e seu charme desaparecendo também diante do pensativo e retraído rosto de Alan. O céu inteiro, um cobertor quente de olhos e bocas brilhando sobre ela, o ar cheio de vozes, ora roufenhas pelo espasmo sensual, ora gentis pela gratidão, ora ambíguas, e ela sentia medo, pois não existia Sabina alguma, não UMA Sabina, mas uma multidão delas deitadas, dando-se e sendo desmembradas, constelando-se em todas as direções e se quebrando. No centro, uma pequena Sabina que se sentia frágil exercia uma gigantesca onda de dispersão. Ela olhava para a abóbada celeste, mas aquele não era um céu protetor, não era a abóbada de uma catedral nem um abrigo; era uma vastidão ilimitada à qual ela não podia agarrar-se, e Sabina estava chorando:

– Alguém me segure... segure-me para que eu não continue a correr de um amor para outro, dispersando-me, rompendo-me... *Segure-me para alguém....*

Debruçando-se na janela ao amanhecer, pressionando os seios no peitoril, ela ainda olhava para fora com esperança de ver o que falhara em possuir. Olhava para as noites que terminavam e o transeunte com a fogosa ligeireza do viajante que jamais consegue chegar ao fim como as pessoas comuns chegam ao fim de cada dia, aceitando pausas, desertos, abrigos, assim como ela não poderia aceitar.

Sabina sentia-se perdida.
A selvagem bússola a cujas oscilações ela sempre obedecera, propiciando o tumulto e o movimento em lugar da direção, quebrou-se de repente, de tal modo que ela já não mais experimentava o alívio das vazantes, enchentes e dispersões.

Sentia-se perdida. A dispersão tornara-se vasta demais, extensa demais. Um dardo de dor cortou a forma nebulosa, Sabina movera-se sempre com tanta rapidez que toda dor passara prontamente como que através de uma peneira, deixando uma mágoa parecida à de uma criança, logo esquecida, logo substituída por outro interesse. Ela nunca conhecera uma pausa.

Sua capa, que era mais que uma capa, que era uma vela, que era os sentimentos que ela lançava aos quatro ventos para serem dilatados e arrastados pelo vento em movimento, jazia paralisada pela calmaria.

Seu vestido estava paralisado pela calmaria.

Era como se agora ela não fosse nada que o vento pudesse captar, dilatar e impulsionar.

Para Sabina, serenar significava morrer.

A ansiedade penetrara em seu corpo e se recusava a se espalhar por ele. Os buracos prateados de sua peneira contra a mágoa, que lhe haviam sido outorgados ao nascer, obstruíram-se. Agora a dor se alojara dentro dela, inescapável.

Perdera-se a si mesma em algum lugar ao longo da fronteira entre suas invenções, histórias e fantasias e seu verdadeiro eu. Os limites tornaram-se turvos, as trilhas se apagaram; ela caminhara em direção ao caos puro, e não um caos que a levava como o galope de cavaleiros românticos nas óperas e lendas, mas que de repente revelava os adereços teatrais: um cavalo de *papier-mâché*.

Ela havia perdido as velas, a capa, o cavalo, as botas de sete léguas e tudo de uma só vez. Encalhara na semipenumbra de um entardecer de inverno.

Então, como se toda a energia e todo o calor tivessem sido sugados para dentro pela primeira vez, matando o corpo externo, obnubilando os olhos, entorpecendo os ouvidos, engrossando o palato e a língua, desacelerando os movimentos do corpo, ela sentiu um frio intenso e tiritou com o mesmo tremor das folhas, percebendo pela primeira vez que algumas folhas murchas de seu ser destacavam-se de seu corpo.

Ao entrar no *nightclub* de Mambo, Sabina notou novas pinturas nas paredes e, por um momento, imaginou-se de volta a Paris, sete anos antes, quando encontrou Jay pela primeira vez em Montparnasse.

Reconheceu as pinturas dele na mesma hora.

Nesse momento era como antes, nas exposições em Paris, com todos os métodos científicos da fissão do átomo aplicados ao corpo e às emoções. As figuras dele explodiam e se constelavam em fragmentos, qual quebra-cabeça derramado, cada peça tendo voado longe o bastante para parecer irrecuperável e, ainda assim, não longe o bastante para ser dissociada. Com um esforço de imaginação se poderia reconstruir por completo uma figura humana a partir desses fragmentos afastados da aniquilação total no espaço por uma tensão invisível. Por meio de um esforço de contração no centro, elas poderiam ainda amalgamar-se para formar o corpo de uma mulher.

Nenhuma mudança nas pinturas de Jay, mas uma mudança em Sabina que, pela primeira vez, compreendeu o que significavam. Nesse momento ela pôde ver na parede *um retrato exato de si mesma da maneira como se sentia por dentro.*

Teria ele pintado Sabina ou estaria acontecendo com todos eles, assim como ocorria na química, na ciência? Eles haviam descoberto todos os ácidos corrosivos, todas as desintegrações, todas as alquimias da separação.

Mas quando o pintor expunha o que ocorria dentro do corpo e das emoções do homem, ele o subjugava pela fome ou lhe dava vitrines de lojas da Quinta Avenida para fazer, onde Paris La Nuit ao fundo permitia que a moda expusesse chapéus, sapatos, bolsas e espartilhos flutuando no ar, esperando para serem reunidos em uma mulher completa.

Ela estava diante das pinturas e, nesse momento, pôde ver os próprios fragmentos minúsculos de seus atos, que achara não terem importância, provocando minúsculas incisões, erosões da personalidade. Um pequeno ato, um beijo dado numa festa em um jovem beneficiado por sua semelhança com um perdido John, a mão abandonada em um táxi para um homem não desejado a não ser porque a mão da outra mulher fora reivindicada e Sabina não conseguia suportar que a própria mão ficasse deitada no colo sem que ninguém a reclamasse: parecia uma afronta aos seus poderes de sedução. Uma palavra de louvor a uma pintura da qual não gostara, mas que pronunciara por medo de que o pintor dissesse:

– Oh, Sabina... Sabina não entende de pintura.

Todas as pequenas insinceridades vazaram qual arroios invisíveis de ácido, provocando danos profundos, as erosões lançaram a outras esferas cada fragmento de Sabina girando como pedaços isolados de planetas em colisão, pedaços ainda não poderosos o bastante para voarem como um pássaro no espaço, não orgânicos o suficiente para se tornarem outra vida, para girarem sobre o seu próprio centro.

A pintura de Jay era uma dança de fragmentos ao ritmo de escombros. Era também um retrato da Sabina atual.

E fracassara toda a sua busca do fogo para soldar esses fragmentos, busca no forno do prazer atrás de uma solda de fragmentos que formasse um amor total, uma mulher total!

Quando se afastou das pinturas, Sabina viu Jay sentado a uma das mesas, com seu rosto assemelhando-se mais do que nunca a Lao Tsé. A cabeça semicalva ostentava agora bordas de cabelos encanecidos, os pequenos olhos semicerrados e estreitos sorriam.

Alguém situado entre Sabina e Jay inclinou-se para cumprimentá-lo por suas vitrines da Quinta Avenida. Jay apenas riu e disse:

– Tenho o poder de chocá-los e, enquanto estão chocados pela arte moderna, os anunciantes podem fazer seu trabalho venenoso.

Ele acenou a Sabina para que se sentasse ao seu lado.

– Você esteve observando minha pilha atômica na qual homens e mulheres são bombardeados para descobrir a misteriosa fonte de poder neles, uma nova fonte de força.

Jay falava com ela como se não se tivessem passado anos desde o último encontro em um café de Paris. Estava sempre continuando a mesma conversa iniciada sabe-se lá quando, talvez no Brooklyn, onde nascera, em toda e qualquer parte até que chegara ao país dos cafés, onde encontrou uma audiência, de modo que podia pintar e falar eternamente em uma longa cadeia de discursos.

– Você achou seu poder, sua nova força? – perguntou Sabina. – Eu não.

– Eu também não – disse Jay com ar de simulada contrição. – Acabei de chegar em casa, por causa da guerra. Eles pediram que fôssemos embora, todo aquele que não pudesse ser recrutado era apenas mais uma boca a ser alimentada pela França. O consulado nos enviou um mensageiro: "Faça com que todos os inúteis saiam de Paris". Em um dia todos os artistas desertaram, como se a peste tivesse chegado. Eu não sabia que os artistas ocupavam tanto espaço assim! Nós, os artistas internacionais, estávamos diante da fome ou dos campos de concentração. Lembra-se de Hans, Sabina? Quiseram enviá-lo de volta à Alemanha. Um Paul Klee menor, é verdade, mas que mesmo assim merecia destino melhor. E Suzanne foi mandada de volta à Espanha, ela não possuía documento algum, o marido húngaro com poliomelite foi colocado em um campo. Lembra-se da esquina de Montparnasse e Raspail, onde todos nós ficávamos dizendo boa noite durante horas? Por causa dos *black-outs,* não se tinha tempo algum para se dizer boa noite, você estaria perdido assim que saísse do café, desapareceria na noite negra. A inocência desapareceu de todos os nossos atos. Nosso habitual estado de rebeldia tornou-se um sério crime político. O barco-casa de Djuna foi requisitado para o transporte de carvão. Tudo poderia ser convertido, exceto os artistas. Como se podem converter os desorganizadores da ordem passada e presente, os dissidentes crônicos, aqueles despossuídos de qualquer forma de presente, os lançadores da bomba atômica da mente, das emoções, que procuram gerar novas forças e uma nova ordem da mente a partir de sublevações contínuas?

Quando olhou para Sabina, seus olhos pareciam dizer que ela não mudara, que ainda era para ele o próprio símbolo de sua febre, sua inquietação, suas sublevações e sua anarquia na vida, que Jay aplaudira em Paris, sete anos atrás.

Nesse momento, outro personagem sentou-se perto de Jay.

– Sabina, apresento-lhe Prato de Frios. Prato de Frios é nosso melhor amigo aqui. Quando as pessoas são transplantadas, é exatamente como no caso das plantas, a princípio elas definham, murcham, algumas até morrem. Todos nós estamos em um estágio crítico, sofrendo com a mudança de terra. Prato de Frios trabalha no necrotério. Sua constante familiaridade com os suicídios e a terrível descrição que faz deles nos impedem de cometê-los. Ele fala dezesseis línguas e, desse modo, é a única pessoa que pode falar com todos os artistas, pelo menos no início da noite. Mais tarde estará bêbado ao extremo e só será capaz de falar o esperanto dos alcoólatras, que é uma língua cheia de tartamudeios das camadas geológicas dos nossos ancestrais animais.

Satisfeito com essa apresentação, Prato de Frios saiu da mesa e foi ocupar-se com o microfone. Mas Jay estava enganado. Embora fossem apenas nove da noite, Prato de Frios já estava em dificuldades com o microfone. Esforçava-se por manter um relacionamento elegante, mas o microfone cedia, inclinava-se, balançava sob seu abraço qual bambu jovem e flexível. Em seus abraços desesperados, era como se o instrumento e Prato de Frios fossem finalmente cair no chão, entrelaçados como amantes descontrolados.

Quando se estabeleceu um equilíbrio momentâneo, Prato de Frios ficou falador e cantou em dezesseis línguas variadas (inclusive no esperanto dos bêbados), transformando-se em rápidas sucessões em cantor de rua francês, cantor de ópera alemão, cantor e tocador de realejo vienense etc.

Em seguida, retornou para se sentar com Jay e Sabina.

– Hoje à noite Mambo interrompeu meu suprimento de comida mais cedo que de costume. Qual você acha que seja o motivo? Eu não devia ser tão leal a ele. Mas ele não quer que eu perca meu emprego. À meia-noite devo estar em forma para receber os mortos com educação. Não devo gaguejar nem fazer qualquer coisa malfeita. Os mortos são sensíveis. Oh, tenho um suicídio perfeito para relatar aos exilados: uma cantora europeia que era mimada e querida em sua terra. Estrangulou-se com todos os seus coloridos cachecóis amarrados. Vocês acham que ela estava querendo imitar a morte de Isadora Duncan?

– Não acredito – disse Jay. – Posso reconstruir o cenário. Aqui ela era um fracasso enquanto cantora. Sua vida presente era cinzenta, ela havia sido esquecida e talvez não fosse jovem o bastante para vencer uma segunda vez... Ela abria seu baú cheio de programas dos sucessos passados, cheio de recortes de jornais elogiando sua voz e beleza, cheio de flores ressecadas que lhe haviam sido presenteadas, cheio de cartas de amor amarelando-se, cheio de cachecóis coloridos que traziam de volta os perfumes e as cores de seus êxitos passados, e, por contraste, sua vida atual tornava-se insuportável.

– Você tem toda a razão – disse Prato de Frios. – Tenho certeza de que foi assim que aconteceu. Ela pendurou-se no cordão umbilical do passado – disse ele cuspindo, como se todo o álcool que continha tivesse começado a borbulhar dentro dele, e perguntou a Sabina: – Sabe por que sou tão leal a Mambo? Vou contar a você. Com a profissão que eu tenho, as pessoas prefeririam esquecer-me. Ninguém quer ser lembrado da morte. Talvez elas não queiram ignorar a mim, mas à companhia que eu trago. Bem, não presto atenção nisso o resto do ano, mas presto no Natal. Quando chega o Natal, sou a única pessoa que nunca recebe um cartão de boas festas. E isso é a única coisa em meu trabalho no necrotério que não consigo suportar. Assim, poucos dias antes do Natal eu disse para Mambo: "Não se esqueça de me enviar um cartão de Natal. Tenho de receber pelo menos *um* cartão de Natal. Tenho de sentir que pelo menos uma pessoa pensa em mim, na época do Natal, como se eu fosse um ser humano igual aos outros". Mas você conhece Mambo... Ele prometeu, sorriu, mas então, quando começa a tocar o tambor, a coisa parece uma espécie de bebedeira e ninguém consegue fazer com que fique sóbrio. Não consegui dormir durante uma semana, imaginando que ele poderia se esquecer e em como eu iria me sentir no dia do Natal por ter sido esquecido *como se estivesse morto...* Bem, ele não esqueceu.

Então, com uma agilidade inesperada, ele tirou do bolso uma buzina de automóvel, afixou-a na lapela, apertou-a com a exuberância de uma mulher espargindo perfume com um atomizador e disse:

– Ouçam a linguagem do futuro. As palavras desapareceram por completo e isto aqui é como os seres humanos irão conversar com os outros!

E inclinando-se em reverência com infinito controle das águas turbulentas do álcool, que faziam pressão contra a represa de sua polidez, Prato de Frios preparou-se para sair para os deveres do necrotério.

Mambo começou a tocar tambor, e Sabina, a parecer febril e presa numa armadilha, como parecera na primeira vez em que Jay a vira.

Vestida de vermelho e prata, ela evocava os sons e imagens dos carros de bombeiro quando cortavam as ruas de Nova York, alarmando o coração com as violentas acelerações das catástrofes.

Toda vestida de vermelho e prata, ela evocava a furiosa sirene vermelha e prateada abrindo caminho através da carne.

Na primeira vez em que havia olhado para ela, ele pensara: "Tudo vai incendiar-se!".

Do vermelho e prata e do longo grito de alarme ao poeta que sobrevive (mesmo que secreta e invisivelmente) em cada ser humano, enquanto a criança sobrevive nele (negada e mascarada), a esse poeta ela lançou um desafio inesperado, uma escada no meio da cidade, e ordenou: "Suba!".

Quando ela apareceu, todo o alinhamento regular da cidade cedeu diante dessa escada que ele era convidado a subir, ficando reta no espaço, qual escada do barão de Munchausen que levava ao céu.

Só que a escada dela levava ao fogo.

Jay riu e balançou a cabeça de lado a lado, frente à persistência da imagem que tinha de Sabina.

Após sete anos ela ainda não havia aprendido a se sentar quieta. Falava profusa e continuamente, com uma respiração febril semelhante a de uma pessoa com medo do silêncio. Sentava-se como se não conseguisse suportar ficar sentada por muito tempo e, quando se levantou para comprar cigarro, ficou igualmente ansiosa por retornar ao assento. Impaciente, alerta, vigilante, como que com medo de ser atacada, inquieta e perspicaz. Bebeu com pressa, sorriu com tanta rapidez que ele nunca soube ao certo se aquilo havia sido um sorriso, ouviu apenas em parte o que lhe estava sendo dito e, mesmo quando alguém se inclinou no bar e gritou o nome dela em sua direção, ela não respondeu logo, como se não fosse o próprio nome.

A maneira como ela olhava para a porta do bar, como que esperando o momento adequado para empreender a fuga. Seus gestos erráticos e súbitos, seus súbitos silêncios mal-humorados, ela comportava-se como alguém que tivesse todos os sintomas da culpa.

Por cima da iridescência das velas, por cima da névoa da fumaça dos cigarros e dos ecos dos *blues* persuasivos, Sabina tinha consciência de que Jay estava meditando sobre ela. Mas seria perigoso demais perguntar a ele; Jay era satírico e tudo que ela obteria dele nesse momento seria apenas uma caricatura, a qual Sabina não poderia encarar alegremente ou repudiar e que, em seu estado de espírito atual, se somaria fortemente aos pesos que a puxavam para baixo.

Sempre que Jay balançava a cabeça de modo amável, com a alegria lenta e pesada de um urso, estava a ponto de dizer algo devastador, que denominava honestidade brutal. E Sabina não iria mudar isso. Assim, ela começou uma história rápida, espiralada e tortuosa sobre uma festa em que haviam ocorrido incidentes indistintos, cenas nebulosas nas quais ninguém conseguiria distinguir a heroína ou a vítima. No momento em que Jay achava haver reconhecido o lugar (Montparnasse, sete anos atrás, numa festa em que Sabina sentira ciúme da forte ligação entre Jay e Lillian, que ela tentava romper), Sabina já havia saído dali e falava como se estivesse em um sonho interrompido, com espaços, reversões, retrações e fantasias galopantes.

Agora ela estava no Marrocos, visitando os banhos árabes com as mulheres nativas, compartindo sua pedra-pomes e aprendendo com as prostitutas a pintar os olhos com o kohl *da praça do mercado.*

– É um carvão em pó – explicou Sabina *– e você o aplica bem dentro dos olhos. Dói a princípio e faz você chorar, mas isso o faz espalhar-se no canto das pálpebras e é assim que elas obtêm essa borda lustrosa de carvão negro em volta dos olhos.*

– Você não pegou uma infecção? – perguntou Jay.

– Oh, não, as prostitutas são muito cuidadosas e benzem o kohl *na mesquita.*

Todos riram disso, Mambo que havia estado de pé por perto, Jay e dois personagens indistintos que estavam sentados na mesa ao lado, mas que deslizaram as cadeiras para ouvir Sabina. Sabina não riu; foi invadida por outra lembrança do Marrocos; Jay podia ver as imagens passando pelos olhos dela, como um filme que estivesse sendo censurado. Sabia que ela estava ocupada em eliminar outras histórias que estava prestes a contar; Sabina podia até mesmo estar arrependendo-se da história sobre o banho e, nesse momento, era como se tudo que ela havia dito tivesse sido escrito em um imenso quadro-negro e Sabina pegasse uma esponja para apagar tudo, acrescentando: "Na verdade, isso não aconteceu comigo. Isso me foi contado por alguém que foi ao Marrocos", e antes que alguém pudesse perguntar: "Você quer dizer que nunca foi mesmo ao Marrocos?", ela continuava a confundir os fios acrescentando que essa era uma história que ela havia lido em algum lugar ou ouvido num bar e, tão logo tivesse riscado da mente de seus ouvintes quaisquer fatos que pudessem ser atribuídos diretamente à sua própria personalidade, Sabina começava outra história...

Os rostos e figuras de seus personagens apareciam apenas semiesboçados e, quando Jay mal começava a reconstruir o fragmento perdido (quando ela falou sobre o homem que estava polindo a lente do telescópio, não quis dizer muita coisa com medo de que Jay pudesse reconhecer Philip, pessoa que ele conhecera em Viena e a quem todos eles em Paris chamavam alegremente de "Viena-como-era-antes-da-guerra"), quando Sabina interpunha outro rosto e outra figura, como se faz nos sonhos, e quando Jay concluiu penosamente que ela estava falando sobre Philip (com quem, nesse momento, ele tinha certeza, ela havia tido um caso), verificou-se que Sabina não estava falando mais de um homem polindo a lente de um telescópio com o guarda--chuva pendurado em cima de seu trabalho no meio do quarto, mas de uma mulher que continuara a tocar harpa em um concerto na cidade do México durante a revolução, no momento em que alguém atirou nas luzes do salão, e ela achou que, se continuasse a tocar, iria impedir o pânico e, quando Jay percebeu que essa história fora contada sobre Lillian e que esta não continuara a tocar como harpista, mas como pianista, Sabina ficou consciente de que não queria que Jay se lembrasse de Lillian, pois isso seria doloroso para ele, e que a lembrança dessa deserção dela era, em certa extensão, um acontecimento pelo qual a sedução de Sabina em cima de Jay em Paris era responsável em parte, e assim ela inverteu rapidamente a história e foi Jay que se perguntou se estava ou não ouvindo direito, se talvez não tivesse bebido demais e imaginado que ela estava falando sobre Lillian, pois na verdade, nesse preciso momento, ela estava falando sobre um jovem, um aviador, a quem tinham dito para não olhar nos olhos de um morto.

Jay não conseguiu reter na memória qualquer sequência das pessoas que ela havia amado, odiado, das quais havia fugido, assim como tampouco pôde seguir o rastro da própria aparência pessoal dela, enquanto ela dizia: "Nessa época eu era loura e tinha os cabelos bem curtos," ou: "Isso foi antes de eu estar casada, quando tinha apenas dezenove anos" (e um dia ela lhe dissera que se havia casado aos dezoito anos). Impossível saber a quem ela havia traído, esquecido, com quem se casara, de quem desertara ou a quem era fiel. Era como a profissão dela. Na primeira vez em que lhe perguntara, Sabina respondera de imediato: "Sou atriz". Mas quando a pressionou não conseguiu descobrir em que peça ela trabalhara, se havia sido um sucesso ou um fracasso, se, talvez (como mais tarde concluiu), ela apenas desejava ser atriz, mas nunca trabalhara com a persistência necessária, com seriedade suficiente, exceto da maneira como estava trabalhando agora, mudando de personalidades com tamanha rapidez que Jay se lembrou de um caleidoscópio.

Ele procurou capturar a repetição de certas palavras na conversa dela imaginando que pudessem ser usadas como chaves, mas se as palavras "atriz", "milagroso", "viagem", "passeio", "relacionamento" ocorriam de fato com frequência, era impossível saber se ela as usava em seu sentido literal ou simbólico, pois eram a mesma coisa para ela. Uma vez ele a ouvira dizer: "Quando você se sente ferido, viaje para o mais longe possível do lugar em que o feriram", e quando Jay examinou o significado da frase descobriu que Sabina se referia a uma mudança de refúgio dentro de cinco quarteirões da cidade de Nova York.

Ela estava sendo compelida por uma febre confessional que a forçava a levantar levemente o véu, apenas um canto dele, e então se assustava quando alguém ouvia com muita atenção, especialmente Jay, em quem não confiava, quem, ela sabia, encontrava a verdade apenas no sentido de uma exposição de falhas, fraquezas e defeitos.

Assim que Jay passava a ouvir com muita atenção, ela pegava uma esponja gigantesca e apagava tudo que havia dito por intermédio de uma negação absoluta, como se essa confusão fosse em si mesma um manto protetor.

A princípio ela acenava e atraía a pessoa para o seu mundo, depois borrava as passagens, confundia todas as imagens, *como que para iludir a descoberta.*

– Falsos mistérios – disse Jay de modo rude, aturdido e irritado com os artifícios dela. – Mas o que está escondendo por trás desses falsos mistérios?

O comportamento de Sabina sempre despertou nele (com o tipo de mente que tinha, com uma obsessão pela verdade, pela revelação, pela franqueza, pela exposição brutal) um desejo que se assemelhava àquele que impele um homem a violentar uma mulher que resiste, a violar a virgindade que cria uma barreira à sua posse. Sabina sempre o incitou a um desejo violento de arrancar todas as suas máscaras, todos os seus véus, e descobrir o próprio âmago dela que, por meio dessa perpétua mudança de rosto e mobilidade, escapava a toda revelação.

Quão certo ele estivera ao pintar Sabina sempre *como uma mandrágora com raízes carnais, sustentando uma solitária flor roxa em uma corola arroxeada com forma de campânula de polpa narcótica. Quão certo ele estivera ao pintá-la nascida com olhos vermelho-dourados sempre ardentes, como que dentro de cavernas, por trás de árvores, como os das mulheres exuberantes, como de uma vegetação tropical, excomungada da fila da assistência pública como substância rica demais para o sustento do dia a dia, colocando-a ali apenas como alienígena do mundo do fogo e ficando contente com seus aparecimentos intermitentes, parabólicos.*

– Sabina, lembra-se de nosso passeio de elevador em Paris?

– Sim, lembro-me.

Não tínhamos lugar algum aonde ir. Perambulávamos pelas ruas. Lembro-me de que foi sua a ideia de pegar o elevador.

(Éramos vorazes um com o outro, lembro-me, Sabina. Fomos a um elevador e eu comecei a beijá-la. Primeiro andar. Segundo andar Eu não conseguia soltá-la. Terceiro andar e, quando o elevador deu uma parada, já era tarde demais... Eu não conseguia parar, não poderia soltá-la mesmo que toda Paris nos estivesse observando. Ela apertou o botão freneticamente e continuamos a nos beijar, enquanto o elevador descia. O pior foi quando chegamos embaixo, de modo que ela apertou o botão de novo e nós ficamos indo para cima e para baixo, para cima e para baixo, enquanto as pessoas ficavam tentando parar o elevador para entrar...)

Jay riu descontroladamente com a lembrança, com a audácia de Sabina. Nesse momento, Sabina estava despida de todo mistério e Jay experimentou o que este continha: o mais ardente frenesi de desejo.

O amanhecer, aparecendo debilmente na porta, silenciou-os. A música cessara havia muito tempo e eles não perceberam. Haviam continuado o próprio tamborilar na conversa.

Sabina apertou a capa em volta dos ombros, como se a luz do dia fosse o pior inimigo de todos. Ao amanhecer nem ao menos dirigiria uma conversa febril. Olhou furiosa para ele e saiu do bar.

Não existe outro momento mais desolado da vida da cidade do que aquele que marca as linhas fronteiriças entre as pessoas que não dormiram a noite inteira e as que estão indo para o trabalho. Para Sabina, era como se duas raças de homens e mulheres vivessem na terra, as pessoas da noite e as pessoas do dia, que nunca se encontravam face a face, a não ser nesse momento. O que quer que Sabina tivesse vestido que parecia resplandecer durante a noite perdia todas as suas cores no amanhecer. A expressão determinada daqueles que iam para o trabalho parecia-lhe uma espécie de reprovação. Seu cansaço não era igual ao deles. O dela marcava-lhe a face qual uma longa febre, deixando-lhe sombras arroxeadas debaixo dos olhos. Ela queria ocultar deles o seu rosto. Inclinava a cabeça de tal modo que os cabelos o cobrissem parcialmente.

Persistia o estado de espírito de perda. Ela achou pela primeira vez que não conseguiria ir para Alan. Carregava um peso demasiado grande de histórias não contadas, pesado demais de lembranças, era seguida por incontáveis espíritos de personagens não decifrados, de experiências ainda não compreendidas, de golpes e humilhações ainda não dissolvidos. Podia retornar e alegar um cansaço extremo e cair no sono, mas seu sono seria inquieto e ela poderia falar em sonhos.

Dessa vez Alan não teria o poder de lhe exorcizar o humor. Assim como ela tampouco lhe poderia contar do acontecimento que mais a atormentava: sobre o homem que ela vira pela primeira vez alguns meses atrás, da janela do quarto do hotel, de pé debaixo de sua janela, lendo um jornal, como que esperando que ela saísse. Sabina o vira mais uma vez a caminho de uma visita a Philip. Encontrara-o na estação do metrô e ele deixara que passassem vários carros a fim de entrar no que ela estava tomando.

Não foi um flerte. Ele não fez qualquer esforço para falar com ela. Parecia ocupado com uma observação impessoal dela. No *nightclub* de Mambo, sentara-se a algumas mesas de distância e ficara escrevendo em bloco de anotações.

Era dessa maneira que os criminosos eram seguidos, pouco antes da captura. Seria ele um detetive? De que estaria suspeitando nela? Iria informar a Alan? Ou aos pais dela? Ou será que ele levaria suas anotações ao centro da cidade, para todos aqueles edifícios pavorosos, nos quais se realizavam investigações de um tipo ou de outro, e um dia ela receberia um bilhete exortando-a a sair dos Estados Unidos e a voltar para seu lugar de nascimento, a Hungria, porque a vida de Ninon de l'Enclos ou a de Madame Bovary não eram permitidas por lei?

Se dissesse a Alan que fora seguida por um homem, ele iria sorrir e dizer:

– Ora, claro, não foi a primeira vez, não é? Essa é a penalidade que você paga por ser uma linda mulher. Você não iria querer que isso não acontecesse, não é?

Pela primeira vez, em seu desolado passeio matinal pelas ruas de Nova York, ainda não limpas das guimbas de cigarro das pessoas da noite e das garrafas de bebida vazias, ela compreendeu a pintura de Duchamp de uma *Nua descendo uma escada*. Oito ou dez esboços de uma mesma mulher, semelhantes às muitas exposições múltiplas da personalidade de uma mulher, nitidamente divididas em várias camadas, descendo a escada em uníssono.

Se ela fosse para Alan agora, seria como destacar um desses desenhos de mulher feitos para recortar e forçá-lo a caminhar separado do resto, mas, uma vez destacado do uníssono, ficaria revelado que ele não passava de mero esboço de mulher, o desenho da figura, como os olhos podiam ver, mas vazio de substância, tendo essa substância se evaporado através dos espaços existentes entre cada camada da personalidade. Realmente, uma mulher dividida, uma mulher dividida em incontáveis silhuetas, e ela podia ver essa forma aparente de Sabina deixando uma desesperada e solitária Sabina caminhar pelas ruas em busca de café quente, apresentada por Alan como sendo a moça de inocência transparente com quem se casara dez anos atrás e a quem jurara tratar com carinho, como fazia, só que ele continuava a acariciar a mesma mocinha, a primeira exposição de Sabina, a primeira imagem entregue em suas mãos, a primeira dimensão dessa elaborada, complexa e extensa série de Sabinas que havia nascido mais tarde e que ela não fora capaz de dar a ele. A cada ano, assim como uma árvore apresenta um novo anel de crescimento, ela deveria estar apta a dizer:

– Alan, aqui está uma nova versão de Sabina, acrescente-a ao resto, misture-as bem, firme-se nelas quando abraçá-la, segure-as todas de uma vez em seus braços, caso contrário, divididas, separadas, cada imagem viverá vida própria e não será uma, mas seis, sete ou oito Sabinas que às vezes caminharão em uníssono, por um grande esforço de síntese, às vezes separadamente, com uma delas seguindo um profundo toque de tambor até florestas de cabelos negros e bocas voluptuosas, uma outra visitando Viena-como-era-antes-da-guerra, e uma outra ainda deitada ao lado de um jovem louco, e ainda outra abrindo braços maternais para um trêmulo e assustado Donald. Seria crime ter procurado casar cada Sabina com outro cônjuge, combinar cada uma em turnos com uma vida diferente?

Oh, ela estava cansada, mas não da perda do sono, ou por falar demais em um ambiente cheio de fumaça, ou por evitar as caricaturas de Jay, ou as reprovações de Mambo, ou pela desconfiança de Philip em relação a ela, ou porque Donald, com seu comportamento tão parecido ao de uma criança, fizera com que achasse que seus trinta anos eram uma idade de avó. Estava cansada de recompor esses fragmentos díspares. Também compreendia as pinturas de Jay. Talvez tenha sido em tal momento de isolamento que Madame Bovary tomou o veneno. Era o momento em que a vida secreta corria o perigo de ser exposta e nenhuma mulher conseguiria suportar a condenação.

Mas por que recearia ela a exposição? Nesse momento, Alan estava dormindo um sono profundo ou, se não estivesse dormindo, estaria lendo calmamente.

Seria apenas essa figura de um detector de mentiras seguindo seus rastros que lhe provocava uma ansiedade tão aguda?

A culpa é um peso que os seres humanos não conseguem carregar sozinhos.

Após tomar uma xícara de café, ela foi ao hotel onde já a conheciam, tomou um comprimido para dormir e se refugiou no sono.

Quando acordou às dez horas dessa noite, pôde ouvir do quarto de hotel a música que vinha do *nightclub* de Mambo do outro lado da rua.

Ela precisava de um confessor! Iria encontrá-lo ali, no mundo dos artistas? Eles têm seus locais de encontro por todo o mundo, suas associações, suas regras de sócios, seus reinos, seus chefes, seus canais secretos de comunicação.

Estabeleciam crenças comuns em certos pintores, certos músicos, certos escritores. Eram também pessoas extraviadas, geralmente não eram queridos em casa, ou eram repudiados pela família. Mas estabeleciam novas famílias, suas próprias religiões, seus próprios médicos, suas próprias comunidades.

Ela recordou-se de alguém perguntando a Jay:

– Posso ser admitido se apresentar provas de excelente gosto?

– Isso não basta – disse Jay. – Você também está querendo tornar-se um exilado? Ou bode expiatório? Nós somos os bodes expiatórios públicos, por vivermos como os outros vivem apenas em seus sonhos à noite, por confessarmos abertamente aquilo que os outros só confessam aos médicos sob a garantia do segredo profissional. Nós também somos mal remunerados: as pessoas acham que somos apaixonados por nosso trabalho e que ninguém deveria ser pago para fazer aquilo que mais adora fazer.

Nesse mundo, eles também tinham criminosos. Gângsteres no mundo das artes, que produziam obras corrosivas, fruto do ódio, que matavam e envenenavam com sua arte. Você também pode matar com uma pintura ou um livro.

Sabina seria um desses? O que ela havia destruído?

Entrou no *nightclub* de Mambo. As palmeiras artificiais pareceram menos verdes, os tambores, menos violentos. Chão, portas e paredes estavam levemente retorcidos pelo tempo.

Djuna chegou ao mesmo momento, com a malha de ensaio negra aparecendo por baixo da capa de chuva, os cabelos presos com uma fita parecendo uma aluna do primário.

Quando tais entradas e saídas mágicas ocorrem em um balé, quando os bailarinos desaparecem atrás de colunas ou densos montes de sombras, ninguém lhes pede passaportes ou identidades. Djuna chegou como uma verdadeira bailarina, veio caminhando de seu trabalho no balé do bar situado alguns andares acima do *nightclub* com a mesma naturalidade de quando estudava em Paris com os bailarinos da ópera. Sabina não se surpreendeu ao vê-la. Mas o que lembrava dela não era tanto a destreza na dança, as pernas lisas e rígidas de bailarina, mas a destreza de sua compaixão, como se ela exercitasse todos os dias, em uma invisível barra da dor, sua compreensão, como também seu corpo.

Djuna saberia quem havia roubado, quem havia traído, e o que havia sido roubado, o que havia sido traído. E Sabina podia parar de cair – cair de todos os seus trapézios incandescentes, de todas as suas escadas que levavam ao fogo.

Eles eram todos irmãos e irmãs, movendo-se nos palcos giratórios do inconsciente, nunca mistificando intencionalmente os outros mais que a si mesmo, presos em um balé de equívocos e personificações, mas Djuna conseguia distinguir entre a ilusão, o viver e o amar. Podia detectar a sombra de um crime que outros não conseguiriam provar. Ela saberia a identidade do criminoso.

Agora Sabina só tinha de esperar.

Os tambores pararam de tocar, como se tivessem sido amortecidos por várias florestas de vegetação intrincada e impenetrável. A ansiedade de Sabina parara de pulsar em suas têmporas e de ensurdecê-la para outros sons. Restaurou-se o ritmo de seu sangue e suas mãos restaram quietas no colo.

Enquanto esperava por Djuna para se libertar, pensou no detector de mentiras que estivera observando-lhe as ações. Ele estava de novo ali, no café, sentado sozinho e escrevendo em um bloco de anotações. Ela preparou-se mentalmente para a entrevista.

Inclinou-se e o chamou:

– Como vai? Você veio para me prender?

Ele fechou o bloco de anotações, andou até a mesa dela e se sentou ao seu lado. Ela disse:

– *Eu sabia que isso iria acontecer, mas não tão logo. Sente-se. Sei exatamente o que você pensa de mim. Você está dizendo a si mesmo: eis aqui uma impostora notória, a espiã internacional na casa do amor. (Ou será que eu deveria especificar: na casa de muitos amores?) Devo adverti-lo: deve tratar-me com delicadeza: estou coberta por um manto de iridescência, que pode ser tão facilmente destruído como uma flor de pó e, embora eu esteja quase querendo ser presa, se me tratar com rudeza perderá muito da prova. Não quero que manche esse frágil casaco de cores extraordinárias, criado por minhas ilusões, que nenhum pintor jamais foi capaz de reproduzir. Estranho, não é mesmo, que nenhum produto químico dê a um ser humano a iridescência que as ilusões dão? Dê-me seu chapéu. Você parece tão formal e desconfortável! E, assim, finalmente pegou o rastro das minhas personificações! Mas tem consciência da coragem, da audácia que minha profissão exige? Muito poucas pessoas têm o talento necessário para isso. Eu tive a vocação. Apareceu bem cedo na minha capacidade de enganar a mim mesma. Eu era uma pessoa que conseguia chamar um quintal de jardim, um apartamento alugado, de casa, e quando chegava tarde em casa, para evitar uma repreensão, podia imaginar recriar na mesma hora obstáculos e aventuras tão interessantes que meus pais precisariam de vários minutos antes que pudessem livrar-se do encantamento e retornar à realidade. Eu conseguia apear de minha personalidade e minha vida comuns, transformando--me em múltiplos eus e vidas sem atrair a atenção. Acho que meu primeiro crime, talvez você fique surpreso por ouvir, foi perpetrado contra mim mesma. Então, eu era uma corruptora de menores, e esse menor fui eu mesma. O que corrompi foi o que é chamado de verdade, em favor de um mundo mais maravilhoso. Eu sempre conseguia aperfeiçoar os fatos. Nunca fui presa por isso: dizia respeito apenas a mim. Meus pais não foram sábios o bastante para perceber que tal prestidigitação dos fatos podia produzir uma grande artista, ou pelo menos uma grande atriz. Eles me batiam para espanar o pó das ilusões. Mas, estranhamente, quanto mais meu pai me batia, mais abundantemente esse pó se acumulava de novo, e não era um pó cinzento ou marrom, como em sua forma diária, mas o que os aventureiros conhecem como ouro dos tolos. Dê-me seu casaco. Como investigador, talvez você esteja mais interessado em saber que, por autodefesa, eu acuso os autores dos contos de fada. Não foi a fome, a crueldade ou meus pais, mas esses contos que juravam que dormir na neve nunca provoca pneumonia, que o pão nunca fica duro, que as árvores desabrocham fora das estações, que os dragões podem ser mortos com a coragem, que o desejo intenso será seguido por sua realização imediata. O desejo intrépido, diziam os contos de fada, eram mais efetivos que o trabalho. A fumaça que saía da lâmpada de Aladim foi minha primeira cortina de fumaça, e as mentiras aprendidas nos contos de fada foram meus primeiros perjúrios. Digamos que eu tenha deturpado as tendências: eu acreditava em tudo que lia.*

Sabina riu das próprias palavras.

Djuna pensou que ela estivesse bebendo demais e olhou em sua direção.

– Que fez você rir, Sabina?

– Conheça o detector de mentiras, Djuna. Ele pode me prender.

– Oh, Sabina. Você nunca fez nada para ser presa! – Djuna olhou fixo no rosto de Sabina. A decisão dele, a febre que sempre havia visto nele já não era mais a da vivacidade ardente. Havia rigidez nas feições e medo nos olhos.

– Preciso falar com você, Djuna... Não consigo dormir...

– Tentei encontrá-la quando vim de Paris. Você muda tanto de endereço e até de nome.

– Você sabe que eu sempre quis romper o molde que a vida forma em volta de nós, se deixamos.

– Por quê?

– Quero atravessar fronteiras, apagar todas as identidades, qualquer coisa que nos fixe permanentemente em um molde, em um lugar sem esperança de mudança.

– Isso é o oposto daquilo que todo o mundo geralmente quer, não é?

– Sim, eu costumava dizer que tinha problemas de moradia: o meu era que eu não queria uma casa. Queria um barco, um *trailer*, qualquer coisa que se movesse livremente. Sinto-me mais segura quando ninguém sabe onde estou, quando por exemplo estou no quarto de um hotel, onde até mesmo o número foi apagado da porta.

– Mas segura em relação a quê?

– Não sei o que estou preservando da detecção, exceto talvez o fato de me sentir culpada por vários amores, por muitos amores em vez de um único.

– Mas isso não é nenhum crime. É apenas um caso de amores divididos!

– Mas as mentiras, as mentiras que tenho de contar... Você sabe, do mesmo jeito que alguns criminosos dizem: "Nunca descobri uma forma de obter o que queria, a não ser através do roubo", muitas vezes me sinto como se estivesse dizendo: "Nunca descobri uma forma de obter o que queria, a não ser através das mentiras".

– Está envergonhada disso?

Sabina ficou assustada de novo.

– Chega um momento com cada homem, em cada relacionamento, no qual me sinto solitária.

– Por causa das mentiras?

– Mas, se eu dissesse a verdade, não apenas estaria solitária mas também sozinha, e provocaria um grande dano em cada um deles. Como posso dizer a Alan que, para mim, ele é como um pai.

– É por isso que você o abandonou repetidas vezes, assim como as pessoas precisam abandonar os pais, é uma lei da maturidade.

– Você parece estar me desculpando.

– Só a estou desculpando em seu relacionamento com Alan, no qual você age como uma criança.

– Ele é a única pessoa em quem confio, o único cujo amor é infinito, incansável, que tudo perdoa.

– Isso que você está descrevendo não é o amor de um homem e nem mesmo o de um pai. É um pai-fantasia, um pai idealizado que um dia foi inventado por uma criança carente. Alan lhe deu esse amor de que você precisa. Nessa forma de amor, você está certa por confiar nele. Mas um dia você o perderá, pois existem outros Alans, exatamente como existem outras Sabinas, e eles também pedem para viver e encontrar uma parceira. O inimigo de um amor nunca vem de fora, não é homem ou mulher, é o que falta em nós mesmos.

A cabeça de Sabina caíra no peito em uma pose de contrição.

– Você não acredita que esse homem está aqui para me prender?

– Não, Sabina, isso é o que você está imaginando. É sua própria culpa que você está projetando nesse homem. Provavelmente você vê essa culpa refletida em cada policial, cada juiz, cada pai, cada personagem com autoridade. Você vê isso com os olhos do outro. É um reflexo do que você sente. É sua interpretação: os olhos do mundo em cima de seus atos.

Sabina levantou a cabeça. Tal dilúvio de lembranças a submergia e feria tão profundamente que ela perdeu a respiração. Sentiu uma dor muito grande. Era parecida com a dor das articulações que sentem os mergulhadores de profundidade quando sobem rápido demais para a superfície.

– Em seu mundo fabricado, Sabina, os homens ou eram cruzados que iriam travar suas batalhas por você, ou juízes que continuavam os deveres de seus pais, ou príncipes que ainda não tinham idade e, por conseguinte, não podiam ser maridos.

– Liberte-me – disse Sabina ao detector de mentiras. – Liberte-me. Já disse isso para tantos homens: "Você vai me libertar?" – ela riu. – Eu estava toda preparada para dizer isso a você.

– É você mesma quem tem de se libertar. Isso virá com o amor... – disse o detector de mentiras.

– Oh, tenho amado bastante, se isso pudesse libertar alguém... Tenho amado com abundância. Olhe no seu livro de anotações. Tenho certeza de que está cheio de endereços.

– Você ainda não amou – disse ele. – Tem estado apenas tentando amar, começando a amar. A confiança sozinha não é amor, o desejo sozinho não é amor, a ilusão não é amor, sonhar não é amor. Tudo isso são caminhos que a levam para fora de si mesma, é verdade, e assim você achou que levavam ao outro, mas nunca chegou ao outro. Estava apenas a caminho. Você conseguiria sair agora para descobrir os outros rostos de Alan que nunca se esforçou para ver ou aceitar? Você descobriria a outra face de Mambo, que ele tão delicadamente escondeu de você? Você se esforçaria para ver o outro rosto de Philip?

— É minha culpa se eles viram na minha direção apenas *um* de seus rostos?

— Você é um perigo para os outros seres humanos. Antes de mais nada, você os veste com o traje do mito: pobre Philip, ele é Siegfried, precisa cantar sempre afinado e ser eternamente bonito. Você sabe onde ele está agora? Num hospital com um tornozelo quebrado. Engordou muitos quilos devido à imobilidade. Você desviará o rosto, Sabina? Esse não é o mito com o qual fez amor, não é? Se Mambo parasse de tocar tambor para ir para casa a fim de cuidar da mãe doente, você iria com ele e esterilizaria as agulhas de injeção? Se outra mulher amasse Alan, você renunciaria às suas reivindicações infantis à proteção dele? Você irá tornar-se uma atriz competente e parar de interpretar a Cinderela para teatros amadores apenas, mantendo a gota de neve artificial que caiu em seu nariz durante a tempestade, muito tempo depois de a peça ter terminado, como que dizendo: "Para mim não existe qualquer diferença entre a neve do palco e aquela que está caindo agora na Quinta Avenida"? Oh, Sabina, como você faz prestidigitações com os fatos em suas brincadeiras de desejo, de tal modo que possa sempre ganhar. Aquele que tem como objetivo a vitória ainda não amou!

Sabina disse ao detector de mentiras:

— E se eu fizesse tudo que você me pede, você iria parar de seguir meus passos, iria parar de escrever em seu bloco de anotações?

— Sim, Sabina. Prometo — disse ele.

— Mas como você pôde saber tanta coisa sobre minha vida...

— Você se esquece que foi você mesma quem me convidou para segui-la. Você me concedeu o poder de julgar os seus atos. Você concedeu esse direito a tantas pessoas: padres, policiais, médicos. Protegida por sua consciência, imutável, você se sentiu segura. Achou que poderia manter a saúde mental. Metade de você queria expiar as faltas, a fim de se libertar dos tormentos da culpa, mas a outra metade queria ser livre. Apenas metade de você capitulou, gritando para estranhos: ''Peguem-me!'', enquanto a outra metade procurou diligentemente escapar da captura final. Foi apenas mais um de seus flertes, um flerte com a justiça. E agora você está em fuga, da culpa do amor dividido e da culpa por não amar. Pobre Sabina, não havia o bastante com que se satisfazer. Você procurou sua integridade na música... Sua história é a do não amor... E você sabe, Sabina, que, se tivesse sido agarrada e julgada, teria recebido uma punição menos severa do que aquela que você mesma se imputa. Nós somos juízes muito mais severos dos nossos próprios atos. Julgamos nossos pensamentos, nossas intenções secretas e até nossos sonhos... Você nunca considerou as circunstâncias atenuantes. Algum choque a perturbou, deixando-a sem confiança no amor sincero. Você o dividia como medida de segurança. Tantos alçapões se abriam entre o mundo de *nightclub* de Mambo, a Viena-antes-da--guerra de Philip, o mundo estudado de Alan, ou o jovem mundo evanescente de Donald. A mobilidade no amor tornou-se condição para a sua existência. Nada há de vergonhoso em procurar medidas de segurança. Seu medo era muito grande.

– Meus alçapões me faltaram.
– Venha comigo, Sabina.

Sabina e Djuna subiram para o apartamento desta, onde ainda podiam ouvir o toque do tambor.

Como que para silenciá-lo, Djuna pôs um disco na vitrola.

– Sabina...

Mas nenhuma palavra surgiu até que um dos quartetos de Beethoven começasse a contar a Sabina, como Djuna não poderia dizer, aquilo que ambas sabiam com certeza absoluta: a continuidade da existência e da cadeia de picos, de elevações, pelos quais tal continuidade é alcançada. Por elevação, a consciência alcançava um movimento perpétuo, transcendendo a morte, e, da mesma forma, atingia a continuidade do amor apoderando-se de sua essência impessoal, que era uma soma de todas as alquimias que produzem a vida e o nascimento, uma criança, uma obra de arte, uma obra de ciência, um ato heroico, um ato de amor. A identidade do casal humano não era eterna, mas permutável, para proteger essa troca de espíritos, transmissões de caráter, todas as fecundações de novos eus vindo à luz, e fidelidade apenas à continuidade, as extensões e expansões do amor concluindo suas cristalizações em momentos e cumes elevados iguais aos momentos e cumes elevados da arte ou da religião.

Sabina deslizou para o chão e ficou sentada ali, com a cabeça recostada na vitrola, a saia larga flutuando por um instante qual um paraquedas se fechando; em seguida, esvaziou-se por completo e morreu na poeira.

As lágrimas no rosto de Sabina não eram redondas e isoladas como as lágrimas comuns, mas pareciam ter caído como um véu de água, como se ela tivesse descido ao fundo do mar pelo peso e pelas dissoluções da música. Houve uma decomposição completa dos olhos e feições, como se ela estivesse perdendo sua essência.

O detector de mentiras ofereceu as mãos, como que para salvá-la, em um gesto leve, como se houvesse uma graciosa dança de tristeza e não a própria tristeza, e disse:

– Existe um remédio na homeopatia, chamado pulsatila, para as pessoas que choram com a música.

Sobre a autora

ANAÏS NIN NASCEU em 21 de fevereiro de 1903 em Neuilly (arredores de Paris), filha de Joaquín Nin, pianista e compositor espanhol, e de uma dançarina franco-dinamarquesa. Durante a infância, acompanhou o pai em suas excursões artísticas por toda a Europa, vivendo sempre em meios cosmopolitas. Devido à separação dos seus pais, Anaïs viajou com a mãe e seus dois irmãos para os Estados Unidos quando tinha onze anos de idade, instalando-se com a família em Nova York. Na década de 30, voltou a viver na Europa (a partir daí alternaria a vida entre os Estados Unidos e o Velho Continente) e começou a escrever: críticas, ensaios, ficção e um diário. A redação desse diário continuaria ao longo da vida adulta, resultando em dezenas de volumes e transformando-se em um dos documentos de maior importância literária, psicanalítica e antropológica do século XX. O primeiro volume dos diários, *The diary of Anaïs Nin, 1931-1934*, só foi publicado em 1966, embora tenha começado a ser gestado quando a escritora tinha onze anos, na forma de cartas ao pai distante. Henry Miller, amigo e amante de Anaïs, foi quem primeiro chamou a atenção para a importância desses textos autobiográficos, em artigo para a revista inglesa *The criterion*, no ano de 1937. Além de um documento pessoal, os diários compõem um grande retrato da

Paris do entreguerras e da Nova York do pós-Segunda Guerra Mundial. Eles se tornaram famosos por mostrar intimamente as angústias da mulher ocidental na luta por seus anseios, por apresentar a forma de autoanálise psicanalítica (Anaïs foi grandemente influenciada pelas então recentes descobertas de Freud, além de ter sido assistente de Otto Rank, discípulo do pai da psicanálise) e por propor uma "escrita feminina".

Além de precursora das ideias libertárias sobre a mulher e sobre o sexo, Anaïs Nin foi amiga de inúmeros escritores, entre os quais D. H. Lawrence, André Breton, Antonin Artaud, Paul Éluard e Jean Cocteau. Além de, é claro, o próprio Henry Miller (grande parte da sua relação com Miller está contada no livro *Henry e June*, que contém trechos do diário dos anos 1931 e 1932), cujo romance *Trópico de câncer*, de 1934, que tem como tema principal o sexo, ela prefaciou.

Anaïs Nin passou a maior parte da fase final da sua vida nos Estados Unidos, além de ter escrito toda sua obra em inglês. Juntamente aos vários volumes do seu diário, deixou muitas obras literárias, entre as quais o poema em prosa *House of incest* (1936), o livro de contos *Under the glass bell* (1944) e os romances, em parte autobiográficos, *Ladders to fire* (1946), *A spy in the house of love* (1954), *Seduction of the minotaur* (1961) e *The roman of future* (1969), entre outros. Morreu em 14 de janeiro de 1977, em Los Angeles, nos Estados Unidos.

Coleção L&PM POCKET

750. **Tito Andrônico** – Shakespeare
751. **Antologia poética** – Anna Akhmátova
752. **O melhor de Hagar 6** – Dik e Chris Browne
753. (12).**Michelangelo** – Nadine Sautel
754. **Dilbert (4)** – Scott Adams
755. **O jardim das cerejeiras** *seguido de* **Tio Vânia** – Tchékhov
756. **Geração Beat** – Claudio Willer
757. **Santos Dumont** – Alcy Cheuiche
758. **Budismo** – Claude B. Levenson
759. **Cleópatra** – Christian-Georges Schwentzel
760. **Revolução Francesa** – Frédéric Bluche, Stéphane Rials e Jean Tulard
761. **A crise de 1929** – Bernard Gazier
762. **Sigmund Freud** – Edson Sousa e Paulo Endo
763. **Império Romano** – Patrick Le Roux
764. **Cruzadas** – Cécile Morrisson
765. **O mistério do Trem Azul** – Agatha Christie
768. **Senso comum** – Thomas Paine
769. **O parque dos dinossauros** – Michael Crichton
770. **Trilogia da paixão** – Goethe
773. **Snoopy: No mundo da lua! (8)** – Charles Schulz
774. **Os Quatro Grandes** – Agatha Christie
775. **Um brinde de cianureto** – Agatha Christie
776. **Súplicas atendidas** – Truman Capote
779. **A viúva imortal** – Millôr Fernandes
780. **Cabala** – Roland Goetschel
781. **Capitalismo** – Claude Jessua
782. **Mitologia grega** – Pierre Grimal
783. **Economia: 100 palavras-chave** – Jean-Paul Betbèze
784. **Marxismo** – Henri Lefebvre
785. **Punição para a inocência** – Agatha Christie
786. **A extravagância do morto** – Agatha Christie
787. (13).**Cézanne** – Bernard Fauconnier
788. **A identidade Bourne** – Robert Ludlum
789. **Da tranquilidade da alma** – Sêneca
790. **Um artista da fome** *seguido de* **Na colônia penal e outras histórias** – Kafka
791. **Histórias de fantasmas** – Charles Dickens
796. **O Uraguai** – Basílio da Gama
797. **A mão misteriosa** – Agatha Christie
798. **Testemunha ocular do crime** – Agatha Christie
799. **Crepúsculo dos ídolos** – Friedrich Nietzsche
802. **O grande golpe** – Dashiell Hammett
803. **Humor barra pesada** – Nani
804. **Vinho** – Jean-François Gautier
805. **Egito Antigo** – Sophie Desplancques
806. (14).**Baudelaire** – Jean-Baptiste Baronian
807. **Caminho da sabedoria, caminho da paz** – Dalai Lama e Felizitas von Schönborn
808. **Senhor e servo e outras histórias** – Tolstói
809. **Os cadernos de Malte Laurids Brigge** – Rilke
810. **Dilbert (5)** – Scott Adams
811. **Big Sur** – Jack Kerouac
812. **Seguindo a correnteza** – Agatha Christie
813. **O álibi** – Sandra Brown
814. **Montanha-russa** – Martha Medeiros
815. **Coisas da vida** – Martha Medeiros
816. **A cantada infalível** *seguido de* **A mulher do centroavante** – David Coimbra
819. **Snoopy: Pausa para a soneca (9)** – Charles Schulz
820. **De pernas pro ar** – Eduardo Galeano
821. **Tragédias gregas** – Pascal Thiercy
822. **Existencialismo** – Jacques Colette
823. **Nietzsche** – Jean Granier
824. **Amar ou depender?** – Walter Riso
825. **Darmapada: A doutrina budista em versos**
826. **J'Accuse...!** – **a verdade em marcha** – Zola
827. **Os crimes ABC** – Agatha Christie
828. **Um gato entre os pombos** – Agatha Christie
831. **Dicionário de teatro** – Luiz Paulo Vasconcellos
832. **Cartas extraviadas** – Martha Medeiros
833. **A longa viagem de prazer** – J. J. Morosoli
834. **Receitas fáceis** – J. A. Pinheiro Machado
835. (14).**Mais fatos & mitos** – Dr. Fernando Lucchese
836. (15).**Boa viagem!** – Dr. Fernando Lucchese
837. **Aline: Finalmente nua!!! (4)** – Adão Iturrusgarai
838. **Mônica tem uma novidade!** – Mauricio de Sousa
839. **Cebolinha em apuros!** – Mauricio de Sousa
840. **Sócios no crime** – Agatha Christie
841. **Bocas do tempo** – Eduardo Galeano
842. **Orgulho e preconceito** – Jane Austen
843. **Impressionismo** – Dominique Lobstein
844. **Escrita chinesa** – Viviane Alleton
845. **Paris: uma história** – Yvan Combeau
846. (15).**Van Gogh** – David Haziot
848. **Portal do destino** – Agatha Christie
849. **O futuro de uma ilusão** – Freud
850. **O mal-estar na cultura** – Freud
853. **Um crime adormecido** – Agatha Christie
854. **Satori em Paris** – Jack Kerouac
855. **Medo e delírio em Las Vegas** – Hunter Thompson
856. **Um negócio fracassado e outros contos de humor** – Tchékhov
857. **Mônica está de férias!** – Mauricio de Sousa
858. **De quem é esse coelho?** – Mauricio de Sousa
860. **O mistério Sittaford** – Agatha Christie
861. **Manhã transfigurada** – L. A. de Assis Brasil
862. **Alexandre, o Grande** – Pierre Briant
863. **Jesus** – Claude Perrot
864. **Islã** – Paul Balta
865. **Guerra da Secessão** – Farid Ameur
866. **Um rio que vem da Grécia** – Cláudio Moreno
868. **Assassinato na casa do pastor** – Agatha Christie
869. **Manual do líder** – Napoleão Bonaparte
870. (16).**Billie Holiday** – Sylvia Fol
871. **Bidu arrasando!** – Mauricio de Sousa
872. **Os Sousa: Desventuras em família** – Mauricio de Sousa
874. **E no final a morte** – Agatha Christie

875. **Guia prático do Português correto – vol. 4** – Cláudio Moreno
876. **Dilbert (6)** – Scott Adams
877(17). **Leonardo da Vinci** – Sophie Chauveau
878. **Bella Toscana** – Frances Mayes
879. **A arte da ficção** – David Lodge
880. **Striptiras (4)** – Laerte
881. **Skrotinhos** – Angeli
882. **Depois do funeral** – Agatha Christie
883. **Radicci 7** – Iotti
884. **Walden** – H. D. Thoreau
885. **Lincoln** – Allen C. Guelzo
886. **Primeira Guerra Mundial** – Michael Howard
887. **A linha de sombra** – Joseph Conrad
888. **O amor é um cão dos diabos** – Bukowski
890. **Despertar: uma vida de Buda** – Jack Kerouac
891(18). **Albert Einstein** – Laurent Seksik
892. **Hell's Angels** – Hunter Thompson
893. **Ausência na primavera** – Agatha Christie
894. **Dilbert (7)** – Scott Adams
895. **Ao sul de lugar nenhum** – Bukowski
896. **Maquiavel** – Quentin Skinner
897. **Sócrates** – C.C.W. Taylor
899. **O Natal de Poirot** – Agatha Christie
900. **As veias abertas da América Latina** – Eduardo Galeano
901. **Snoopy: Sempre alerta! (10)** – Charles Schulz
902. **Chico Bento: Plantando confusão** – Mauricio de Sousa
903. **Penadinho: Quem é morto sempre aparece** – Mauricio de Sousa
904. **A vida sexual da mulher feia** – Claudia Tajes
905. **100 segredos de liquidificador** – José Antonio Pinheiro Machado
906. **Sexo muito prazer 2** – Laura Meyer da Silva
907. **Os nascimentos** – Eduardo Galeano
908. **As caras e as máscaras** – Eduardo Galeano
909. **O século do vento** – Eduardo Galeano
910. **Poirot perde uma cliente** – Agatha Christie
911. **Cérebro** – Michael O'Shea
912. **O escaravelho de ouro e outras histórias** – Edgar Allan Poe
913. **Piadas para sempre (4)** – Visconde da Casa Verde
914. **100 receitas de massas light** – Helena Tonetto
915(19). **Oscar Wilde** – Daniel Salvatore Schiffer
916. **Uma breve história do mundo** – H. G. Wells
917. **A Casa do Penhasco** – Agatha Christie
919. **John M. Keynes** – Bernard Gazier
920(20). **Virginia Woolf** – Alexandra Lemasson
921. **Peter e Wendy** seguido de **Peter Pan em Kensington Gardens** – J. M. Barrie
922. **Aline: numas de colegial (5)** – Adão Iturrusgarai
923. **Uma dose mortal** – Agatha Christie
924. **Os trabalhos de Hércules** – Agatha Christie
926. **Kant** – Roger Scruton
927. **A inocência do Padre Brown** – G.K. Chesterton
928. **Casa Velha** – Machado de Assis
929. **Marcas de nascença** – Nancy Huston
930. **Aulete de bolso**
931. **Hora Zero** – Agatha Christie
932. **Morte na Mesopotâmia** – Agatha Christie
934. **Nem te conto, João** – Dalton Trevisan
935. **As aventuras de Huckleberry Finn** – Mark Twain
936(21). **Marilyn Monroe** – Anne Plantagenet
937. **China moderna** – Rana Mitter
938. **Dinossauros** – David Norman
939. **Louca por homem** – Claudia Tajes
940. **Amores de alto risco** – Walter Riso
941. **Jogo de damas** – David Coimbra
942. **Filha é filha** – Agatha Christie
943. **M ou N?** – Agatha Christie
945. **Bidu: diversão em dobro!** – Mauricio de Sousa
946. **Fogo** – Anaïs Nin
947. **Rum: diário de um jornalista bêbado** – Hunter Thompson
948. **Persuasão** – Jane Austen
949. **Lágrimas na chuva** – Sergio Faraco
950. **Mulheres** – Bukowski
951. **Um pressentimento funesto** – Agatha Christie
952. **Cartas na mesa** – Agatha Christie
954. **O lobo do mar** – Jack London
955. **Os gatos** – Patricia Highsmith
956(22). **Jesus** – Christiane Rancé
957. **História da medicina** – William Bynum
958. **O Morro dos Ventos Uivantes** – Emily Brontë
959. **A filosofia na era trágica dos gregos** – Nietzsche
960. **Os treze problemas** – Agatha Christie
961. **A massagista japonesa** – Moacyr Scliar
963. **Humor do miserê** – Nani
964. **Todo o mundo tem dúvida, inclusive você** – Édison de Oliveira
965. **A dama do Bar Nevada** – Sergio Faraco
968. **O psicopata americano** – Bret Easton Ellis
970. **Ensaios de amor** – Alain de Botton
971. **O grande Gatsby** – F. Scott Fitzgerald
972. **Por que não sou cristão** – Bertrand Russell
973. **A Casa Torta** – Agatha Christie
974. **Encontro com a morte** – Agatha Christie
975(23). **Rimbaud** – Jean-Baptiste Baronian
976. **Cartas na rua** – Bukowski
977. **Memória** – Jonathan K. Foster
978. **A abadia de Northanger** – Jane Austen
979. **As pernas de Úrsula** – Claudia Tajes
980. **Retrato inacabado** – Agatha Christie
981. **Solanin (1)** – Inio Asano
982. **Solanin (2)** – Inio Asano
983. **Aventuras de menino** – Mitsuru Adachi
984(16). **Fatos & mitos sobre sua alimentação** – Dr. Fernando Lucchese
985. **Teoria quântica** – John Polkinghorne
986. **O eterno marido** – Fiódor Dostoiévski
987. **Um safado em Dublin** – J. P. Donleavy
988. **Mirinha** – Dalton Trevisan
989. **Akhenaton e Nefertiti** – Carmen Seganfredo e A. S. Franchini
990. **On the Road – o manuscrito original** – Jack Kerouac
991. **Relatividade** – Russell Stannard

992. **Abaixo de zero** – Bret Easton Ellis
993(24). **Andy Warhol** – Mériam Korichi
995. **Os últimos casos de Miss Marple** – Agatha Christie
996. **Nico Demo: Aí vem encrenca** – Mauricio de Sousa
998. **Rousseau** – Robert Wokler
999. **Noite sem fim** – Agatha Christie
1000. **Diários de Andy Warhol (1)** – Editado por Pat Hackett
1001. **Diários de Andy Warhol (2)** – Editado por Pat Hackett
1002. **Cartier-Bresson: o olhar do século** – Pierre Assouline
1003. **As melhores histórias da mitologia: vol. 1** – A.S. Franchini e Carmen Seganfredo
1004. **As melhores histórias da mitologia: vol. 2** – A.S. Franchini e Carmen Seganfredo
1005. **Assassinato no beco** – Agatha Christie
1006. **Convite para um homicídio** – Agatha Christie
1008. **História da vida** – Michael J. Benton
1009. **Jung** – Anthony Stevens
1010. **Arsène Lupin, ladrão de casaca** – Maurice Leblanc
1011. **Dublinenses** – James Joyce
1012. **120 tirinhas da Turma da Mônica** – Mauricio de Sousa
1013. **Antologia poética** – Fernando Pessoa
1014. **A aventura de um cliente ilustre** *seguido de* **O último adeus de Sherlock Holmes** – Sir Arthur Conan Doyle
1015. **Cenas de Nova York** – Jack Kerouac
1016. **A corista** – Anton Tchékhov
1017. **O diabo** – Leon Tolstói
1018. **Fábulas chinesas** – Sérgio Capparelli e Márcia Schmaltz
1019. **O gato do Brasil** – Sir Arthur Conan Doyle
1020. **Missa do Galo** – Machado de Assis
1021. **O mistério de Marie Rogêt** – Edgar Allan Poe
1022. **A mulher mais linda da cidade** – Bukowski
1023. **O retrato** – Nicolai Gogol
1024. **O conflito** – Agatha Christie
1025. **Os primeiros casos de Poirot** – Agatha Christie
1027(25). **Beethoven** – Bernard Fauconnier
1028. **Platão** – Julia Annas
1029. **Cleo e Daniel** – Roberto Freire
1030. **Til** – José de Alencar
1031. **Viagens na minha terra** – Almeida Garrett
1032. **Profissões para mulheres e outros artigos feministas** – Virginia Woolf
1033. **Mrs. Dalloway** – Virginia Woolf
1034. **O cão da morte** – Agatha Christie
1035. **Tragédia em três atos** – Agatha Christie
1037. **O fantasma da Ópera** – Gaston Leroux
1038. **Evolução** – Brian e Deborah Charlesworth
1039. **Medida por medida** – Shakespeare
1040. **Razão e sentimento** – Jane Austen
1041. **A obra-prima ignorada** *seguido de* **Um episódio durante o Terror** – Balzac
1042. **A fugitiva** – Anaïs Nin
1043. **As grandes histórias da mitologia greco--romana** – A. S. Franchini

1044. **O corno de si mesmo & outras historietas** – Marquês de Sade
1045. **Da felicidade** *seguido de* **Da vida retirada** – Sêneca
1046. **O horror em Red Hook e outras histórias** – H. P. Lovecraft
1047. **Noite em claro** – Martha Medeiros
1048. **Poemas clássicos chineses** – Li Bai, Du Fu e Wang Wei
1049. **A terceira moça** – Agatha Christie
1050. **Um destino ignorado** – Agatha Christie
1051(26). **Buda** – Sophie Royer
1052. **Guerra Fria** – Robert J. McMahon
1053. **Simons's Cat: as aventuras de um gato travesso e comilão – vol. 1** – Simon Tofield
1054. **Simons's Cat: as aventuras de um gato travesso e comilão – vol. 2** – Simon Tofield
1055. **Só as mulheres e as baratas sobreviverão** – Claudia Tajes
1057. **Pré-história** – Chris Gosden
1058. **Pintou sujeira!** – Mauricio de Sousa
1059. **Contos de Mamãe Gansa** – Charles Perrault
1060. **A interpretação dos sonhos: vol. 1** – Freud
1061. **A interpretação dos sonhos: vol. 2** – Freud
1062. **Frufru Rataplã Dolores** – Dalton Trevisan
1063. **As melhores histórias da mitologia egípcia** – Carmem Seganfredo e A.S. Franchini
1064. **Infância. Adolescência. Juventude** – Tolstói
1065. **As consolações da filosofia** – Alain de Botton
1066. **Diários de Jack Kerouac – 1947-1954**
1067. **Revolução Francesa – vol. 1** – Max Gallo
1068. **Revolução Francesa – vol. 2** – Max Gallo
1069. **O detetive Parker Pyne** – Agatha Christie
1070. **Memórias do esquecimento** – Flávio Tavares
1071. **Drogas** – Leslie Iversen
1072. **Manual de ecologia (vol.2)** – J. Lutzenberger
1073. **Como andar no labirinto** – Affonso Romano de Sant'Anna
1074. **A orquídea e o serial killer** – Juremir Machado da Silva
1075. **Amor nos tempos de fúria** – Lawrence Ferlinghetti
1076. **A aventura do pudim do Natal** – Agatha Christie
1078. **Amores que matam** – Patricia Faur
1079. **Histórias de pescador** – Mauricio de Sousa
1080. **Pedaços de um caderno manchado de vinho** – Bukowski
1081. **A ferro e fogo: tempo de solidão (vol.1)** – Josué Guimarães
1082. **A ferro e fogo: tempo de guerra (vol.2)** – Josué Guimarães
1084(17). **Desembarcando o Alzheimer** – Dr. Fernando Lucchese e Dra. Ana Hartmann
1085. **A maldição do espelho** – Agatha Christie
1086. **Uma breve história da filosofia** – Nigel Warburton
1088. **Heróis da História** – Will Durant
1089. **Concerto campestre** – L. A. de Assis Brasil
1090. **Morte nas nuvens** – Agatha Christie
1092. **Aventura em Bagdá** – Agatha Christie

1093. **O cavalo amarelo** – Agatha Christie
1094. **O método de interpretação dos sonhos** – Freud
1095. **Sonetos de amor e desamor** – Vários
1096. **120 tirinhas do Dilbert** – Scott Adams
1097. **200 fábulas de Esopo**
1098. **O curioso caso de Benjamin Button** – F. Scott Fitzgerald
1099. **Piadas para sempre: uma antologia para morrer de rir** – Visconde da Casa Verde
1100. **Hamlet (Mangá)** – Shakespeare
1101. **A arte da guerra (Mangá)** – Sun Tzu
1104. **As melhores histórias da Bíblia (vol.1)** – A. S. Franchini e Carmen Seganfredo
1105. **As melhores histórias da Bíblia (vol.2)** – A. S. Franchini e Carmen Seganfredo
1106. **Psicologia das massas e análise do eu** – Freud
1107. **Guerra Civil Espanhola** – Helen Graham
1108. **A autoestrada do sul e outras histórias** – Julio Cortázar
1109. **O mistério dos sete relógios** – Agatha Christie
1110. **Peanuts: Ninguém gosta de mim... (amor)** – Charles Schulz
1111. **Cadê o bolo?** – Mauricio de Sousa
1112. **O filósofo ignorante** – Voltaire
1113. **Totem e tabu** – Freud
1114. **Filosofia pré-socrática** – Catherine Osborne
1115. **Desejo de status** – Alain de Botton
1118. **Passageiro para Frankfurt** – Agatha Christie
1120. **Kill All Enemies** – Melvin Burgess
1121. **A morte da sra. McGinty** – Agatha Christie
1122. **Revolução Russa** – S. A. Smith
1123. **Até você, Capitu?** – Dalton Trevisan
1124. **O grande Gatsby (Mangá)** – F. S. Fitzgerald
1125. **Assim falou Zaratustra (Mangá)** – Nietzsche
1126. **Peanuts: É para isso que servem os amigos (amizade)** – Charles Schulz
1127. (27). **Nietzsche** – Dorian Astor
1128. **Bidu: Hora do banho** – Mauricio de Sousa
1129. **O melhor do Macanudo Taurino** – Santiago
1130. **Radicci 30 anos** – Iotti
1131. **Show de sabores** – J.A. Pinheiro Machado
1132. **O prazer das palavras** – vol. 3 – Cláudio Moreno
1133. **Morte na praia** – Agatha Christie
1134. **O fardo** – Agatha Christie
1135. **Manifesto do Partido Comunista (Mangá)** – Marx & Engels
1136. **A metamorfose (Mangá)** – Franz Kafka
1137. **Por que você não se casou... ainda** – Tracy McMillan
1138. **Textos autobiográficos** – Bukowski
1139. **A importância de ser prudente** – Oscar Wilde
1140. **Sobre a vontade na natureza** – Arthur Schopenhauer
1141. **Dilbert (8)** – Scott Adams
1142. **Entre dois amores** – Agatha Christie
1143. **Cipreste triste** – Agatha Christie
1144. **Alguém viu uma assombração?** – Mauricio de Sousa
1145. **Mandela** – Elleke Boehmer
1146. **Retrato do artista quando jovem** – James Joyce
1147. **Zadig ou o destino** – Voltaire
1148. **O contrato social (Mangá)** – J.-J. Rousseau
1149. **Garfield fenomenal** – Jim Davis
1150. **A queda da América** – Allen Ginsberg
1151. **Música na noite & outros ensaios** – Aldous Huxley
1152. **Poesias inéditas & Poemas dramáticos** – Fernando Pessoa
1153. **Peanuts: Felicidade é...** – Charles M. Schulz
1154. **Mate-me por favor** – Legs McNeil e Gillian McCain
1155. **Assassinato no Expresso Oriente** – Agatha Christie
1156. **Um punhado de centeio** – Agatha Christie
1157. **A interpretação dos sonhos (Mangá)** – Freud
1158. **Peanuts: Você não entende o sentido da vida** – Charles M. Schulz
1159. **A dinastia Rothschild** – Herbert R. Lottman
1160. **A Mansão Hollow** – Agatha Christie
1161. **Nas montanhas da loucura** – H.P. Lovecraft
1162. (28). **Napoleão Bonaparte** – Pascale Fautrier
1163. **Um corpo na biblioteca** – Agatha Christie
1164. **Inovação** – Mark Dodgson e David Gann
1165. **O que toda mulher deve saber sobre os homens: a afetividade masculina** – Walter Riso
1166. **O amor está no ar** – Mauricio de Sousa
1167. **Testemunha de acusação & outras histórias** – Agatha Christie
1168. **Etiqueta de bolso** – Celia Ribeiro
1169. **Poesia reunida (volume 3)** – Affonso Romano de Sant'Anna
1170. **Emma** – Jane Austen
1171. **Que seja em segredo** – Ana Miranda
1172. **Garfield sem apetite** – Jim Davis
1173. **Garfield: Foi mal...** – Jim Davis
1174. **Os irmãos Karamázov (Mangá)** – Dostoiévski
1175. **O Pequeno Príncipe** – Antoine de Saint-Exupéry
1176. **Peanuts: Ninguém mais tem o espírito aventureiro** – Charles M. Schulz
1177. **Assim falou Zaratustra** – Nietzsche
1178. **Morte no Nilo** – Agatha Christie
1179. **Ê, soneca boa** – Mauricio de Sousa
1180. **Garfield a todo o vapor** – Jim Davis
1181. **Em busca do tempo perdido (Mangá)** – Proust
1182. **Cai o pano: o último caso de Poirot** – Agatha Christie
1183. **Livro para colorir e relaxar** – Livro 1
1184. **Para colorir sem parar**
1185. **Os elefantes não esquecem** – Agatha Christie
1186. **Teoria da relatividade** – Albert Einstein
1187. **Compêndio da psicanálise** – Freud
1188. **Visões de Gerard** – Jack Kerouac
1189. **Fim de verão** – Mohiro Kitoh
1190. **Procurando diversão** – Mauricio de Sousa
1191. **E não sobrou nenhum e outras peças** – Agatha Christie
1192. **Ansiedade** – Daniel Freeman & Jason Freeman

1193. **Garfield: pausa para o almoço** – Jim Davis
1194. **Contos do dia e da noite** – Guy de Maupassant
1195. **O melhor de Hagar 7** – Dik Browne
1196.(29).**Lou Andreas-Salomé** – Dorian Astor
1197.(30).**Pasolini** – René de Ceccatty
1198. **O caso do Hotel Bertram** – Agatha Christie
1199. **Crônicas de motel** – Sam Shepard
1200. **Pequena filosofia da paz interior** – Catherine Rambert
1201. **Os sertões** – Euclides da Cunha
1202. **Treze à mesa** – Agatha Christie
1203. **Bíblia** – John Riches
1204. **Anjos** – David Albert Jones
1205. **As tirinhas do Guri de Uruguaiana 1** – Jair Kobe
1206. **Entre aspas (vol.1)** – Fernando Eichenberg
1207. **Escrita** – Andrew Robinson
1208. **O spleen de Paris: pequenos poemas em prosa** – Charles Baudelaire
1209. **Satíricon** – Petrônio
1210. **O avarento** – Molière
1211. **Queimando na água, afogando-se na chama** – Bukowski
1212. **Miscelânea septuagenária: contos e poemas** – Bukowski
1213. **Que filosofar é aprender a morrer e outros ensaios** – Montaigne
1214. **Da amizade e outros ensaios** – Montaigne
1215. **O medo à espreita e outras histórias** – H.P. Lovecraft
1216. **A obra de arte na era de sua reprodutibilidade técnica** – Walter Benjamin
1217. **Sobre a liberdade** – John Stuart Mill
1218. **O segredo de Chimneys** – Agatha Christie
1219. **Morte na rua Hickory** – Agatha Christie
1220. **Ulisses (Mangá)** – James Joyce
1221. **Ateísmo** – Julian Baggini
1222. **Os melhores contos de Katherine Mansfield** – Katherine Mansfield
1223.(31).**Martin Luther King** – Alain Foix
1224. **Millôr Definitivo: uma antologia de *A Bíblia do Caos*** – Millôr Fernandes
1225. **O Clube das Terças-Feiras e outras histórias** – Agatha Christie
1226. **Por que sou tão sábio** – Nietzsche
1227. **Sobre a mentira** – Platão
1228. **Sobre a leitura *seguido do* Depoimento de Céleste Albaret** – Proust
1229. **O homem do terno marrom** – Agatha Christie
1230.(32).**Jimi Hendrix** – Franck Médioni
1231. **Amor e amizade e outras histórias** – Jane Austen
1232. **Lady Susan, Os Watson e Sanditon** – Jane Austen
1233. **Uma breve história da ciência** – William Bynum
1234. **Macunaíma: o herói sem nenhum caráter** – Mário de Andrade
1235. **A máquina do tempo** – H.G. Wells
1236. **O homem invisível** – H.G. Wells
1237. **Os 36 estratagemas: manual secreto da arte da guerra** – Anônimo
1238. **A mina de ouro e outras histórias** – Agatha Christie
1239. **Pic** – Jack Kerouac
1240. **O habitante da escuridão e outros contos** – H.P. Lovecraft
1241. **O chamado de Cthulhu e outros contos** – H.P. Lovecraft
1242. **O melhor de Meu reino por um cavalo!** – Edição de Ivan Pinheiro Machado
1243. **A guerra dos mundos** – H.G. Wells
1244. **O caso da criada perfeita e outras histórias** – Agatha Christie
1245. **Morte por afogamento e outras histórias** – Agatha Christie
1246. **Assassinato no Comitê Central** – Manuel Vázquez Montalbán
1247. **O papai é pop** – Marcos Piangers
1248. **O papai é pop 2** – Marcos Piangers
1249. **A mamãe é rock** – Ana Cardoso
1250. **Paris boêmia** – Dan Franck
1251. **Paris libertária** – Dan Franck
1252. **Paris ocupada** – Dan Franck
1253. **Uma anedota infame** – Dostoiévski
1254. **O último dia de um condenado** – Victor Hugo
1255. **Nem só de caviar vive o homem** – J.M. Simmel
1256. **Amanhã é outro dia** – J.M. Simmel
1257. **Mulherzinhas** – Louisa May Alcott
1258. **Reforma Protestante** – Peter Marshall
1259. **História econômica global** – Robert C. Allen
1260.(33).**Che Guevara** – Alain Foix
1261. **Câncer** – Nicholas James
1262. **Akhenaton** – Agatha Christie
1263. **Aforismos para a sabedoria de vida** – Arthur Schopenhauer
1264. **Uma história do mundo** – David Coimbra
1265. **Ame e não sofra** – Walter Riso
1266. **Desapegue-se!** – Walter Riso
1267. **Os Sousa: Uma família do barulho** – Mauricio de Sousa
1268. **Nico Demo: O rei da travessura** – Mauricio de Sousa
1269. **Testemunha de acusação e outras peças** – Agatha Christie
1270.(34).**Dostoiévski** – Virgil Tanase
1271. **O melhor de Hagar 8** – Dik Browne
1272. **O melhor de Hagar 9** – Dik Browne
1273. **O melhor de Hagar 10** – Dik e Chris Browne
1274. **Considerações sobre o governo representativo** – John Stuart Mill
1275. **O homem Moisés e a religião monoteísta** – Freud
1276. **Inibição, sintoma e medo** – Freud
1277. **Além do princípio de prazer** – Freud
1278. **O direito de dizer não!** – Walter Riso

1279. **A arte de ser flexível** – Walter Riso
1280. **Casados e descasados** – August Strindberg
1281. **Da Terra à Lua** – Júlio Verne
1282. **Minhas galerias e meus pintores** – Kahnweiler
1283. **A arte do romance** – Virginia Woolf
1284. **Teatro completo v. 1: As aves da noite** *seguido de* **O visitante** – Hilda Hilst
1285. **Teatro completo v. 2: O verdugo** *seguido de* **A morte do patriarca** – Hilda Hilst
1286. **Teatro completo v. 3: O rato no muro** *seguido de* **Auto da barca de Camiri** – Hilda Hilst
1287. **Teatro completo v. 4: A empresa** *seguido de* **O novo sistema** – Hilda Hilst
1289. **Fora de mim** – Martha Medeiros
1290. **Divã** – Martha Medeiros
1291. **Sobre a genealogia da moral: um escrito polêmico** – Nietzsche
1292. **A consciência de Zeno** – Italo Svevo
1293. **Células-tronco** – Jonathan Slack
1294. **O fim do ciúme e outros contos** – Proust
1295. **A jangada** – Júlio Verne
1296. **A ilha do dr. Moreau** – H.G. Wells
1297. **Ninho de fidalgos** – Ivan Turguêniev
1298. **Jane Eyre** – Charlotte Brontë
1299. **Sobre gatos** – Bukowski
1300. **Sobre o amor** – Bukowski
1301. **Escrever para não enlouquecer** – Bukowski
1302. **222 receitas** – J. A. Pinheiro Machado
1303. **Reinações de Narizinho** – Monteiro Lobato
1304. **O Saci** – Monteiro Lobato
1305. **Memórias da Emília** – Monteiro Lobato
1306. **O Picapau Amarelo** – Monteiro Lobato
1307. **A reforma da Natureza** – Monteiro Lobato
1308. **Fábulas** *seguido de* **Histórias diversas** – Monteiro Lobato
1309. **Aventuras de Hans Staden** – Monteiro Lobato
1310. **Peter Pan** – Monteiro Lobato
1311. **Dom Quixote das crianças** – Monteiro Lobato
1312. **O Minotauro** – Monteiro Lobato
1313. **Um quarto só seu** – Virginia Woolf
1314. **Sonetos** – Shakespeare
1315.(35).**Thoreau** – Marie Berthoumieu e Laura El Makki
1316. **Teoria da arte** – Cynthia Freeland
1317. **A arte da prudência** – Baltasar Gracián
1318. **O louco** *seguido de* **Areia e espuma** – Khalil Gibran
1319. **O profeta** *seguido de* **O jardim do profeta** – Khalil Gibran
1320. **Jesus, o Filho do Homem** – Khalil Gibran
1321. **A luta** – Norman Mailer
1322. **Sobre o sofrimento do mundo e outros ensaios** – Schopenhauer
1323. **Epidemiologia** – Rodolfo Sacacci
1324. **Japão moderno** – Christopher Goto-Jones
1325. **A arte da meditação** – Matthieu Ricard
1326. **O adversário secreto** – Agatha Christie
1327. **Pollyanna** – Eleanor H. Porter
1328. **Espelhos** – Eduardo Galeano
1329. **A Vênus das peles** – Sacher-Masoch
1330. **O 18 de brumário de Luís Bonaparte** – Karl Marx
1331. **Um jogo para os vivos** – Patricia Highsmith
1332. **A tristeza pode esperar** – J.J. Camargo
1333. **Vinte poemas de amor e uma canção desesperada** – Pablo Neruda
1334. **Judaísmo** – Norman Solomon
1335. **Esquizofrenia** – Christopher Frith & Eve Johnstone
1336. **Seis personagens em busca de um autor** – Luigi Pirandello
1337. **A Fazenda dos Animais** – George Orwell
1338. **1984** – George Orwell
1339. **Ubu Rei** – Alfred Jarry
1340. **Sobre bêbados e bebidas** – Bukowski
1341. **Tempestade para os vivos e para os mortos** – Bukowski
1342. **Complicado** – Natsume Ono
1343. **Sobre o livre-arbítrio** – Schopenhauer
1344. **Uma breve história da literatura** – John Sutherland
1345. **Você fica tão sozinho às vezes que até faz sentido** – Bukowski
1346. **Um apartamento em Paris** – Guillaume Musso
1347. **Receitas fáceis e saborosas** – José Antonio Pinheiro Machado
1348. **Por que engordamos** – Gary Taubes
1349. **A fabulosa história do hospital** – Jean-Noël Fabiani
1350. **Voo noturno** *seguido de* **Terra dos homens** – Antoine de Saint-Exupéry
1351. **Doutor Sax** – Jack Kerouac
1352. **O livro do Tao e da virtude** – Lao-Tsé
1353. **Pista negra** – Antonio Manzini
1354. **A chave de vidro** – Dashiell Hammett
1355. **Martin Eden** – Jack London
1356. **Já te disse adeus, e agora, como te esqueço?** – Walter Riso
1357. **A viagem do descobrimento** – Eduardo Bueno
1358. **Náufragos, traficantes e degredados** – Eduardo Bueno
1359. **Retrato do Brasil** – Paulo Prado
1360. **Maravilhosamente imperfeito, escandalosamente feliz** – Walter Riso
1361. **É...** – Millôr Fernandes
1362. **Duas tábuas e uma paixão** – Millôr Fernandes
1363. **Selma e Sinatra** – Martha Medeiros
1364. **Tudo que eu queria te dizer** – Martha Medeiros
1365. **Várias histórias** – Machado de Assis
1366. **A sabedoria do Padre Brown** – G. K. Chesterton
1367. **Capitães do Brasil** – Eduardo Bueno
1368. **O falcão maltês** – Dashiell Hammett
1369. **A arte de estar com a razão** – Arthur Schopenhauer
1370. **A visão dos vencidos** – Miguel León-Portilla

lepmeditores
www.lpm.com.br
o site que conta tudo

IMPRESSÃO:

PALLOTTI
GRÁFICA

Santa Maria - RS | Fone: (55) 3220.4500
www.graficapallotti.com.br